KB154664

코로나 시대의 독서

질문하는 책 읽기

코로나 시대의 독서
질문하는 책 읽기

초판 1쇄 인쇄_ 2021년 03월 10일 | **초판 1쇄 발행_** 2021년 03월 15일
지은이_학남고 3학년 학생들 | **엮은이_**김미향 | **펴낸이_**진성옥 외 1인
펴낸곳_꿈과희망 | **디자인·편집_**윤영화
주소_서울시 용산구 한강대로 76길 11-12 5층 501호
전화_02)2681-2832 | **팩스_**02)943-0935 | **출판등록_**제2016-000036호
E-mail_ jinsungok@empal.com
ISBN_979-11-6186-104-3 43810

코로나 시대의 독서

질문하는 책 읽기

학남고 학생들 씀 김미향 엮음

꿈과희망

2020년. 훗날 우리는
올해를 어떻게 기억할까요?

   그러니까 처음은 '우한 폐렴'이었습니다. "혹시 중국 다녀온 거 아니에요?", "뭐? 코로 나와?" 농담처럼 말이에요. 하지만 네 살 아이를 둔 저는 2월 말 어린이집으로부터 아이의 강제 하원 통보를 받았습니다. 봄 방학 예비 고3 수업은 하루 전날 취소되었고요. '신천지'발 확진자가 늘면서 대구에 사는 우리는 순식간에 사회적 고립을 겪게 되었지요. 그 무렵 대구의 아는 사람의 아는 사람은 확진자. 매일 남은 마스크 개수를 세며, 10시 30분 오늘의 코로나 뉴스를 보고, 창문으로 우체국에 늘어선 마스크 구매 줄을 지켜보는 일과가 이어졌습니다.

온라인으로 생필품을 주문하며 대구를 오가는 택배가 끊어지지 않을까 겁이 났습니다. 무엇을 할 수도, 무엇을 하기도 어려운 날들. 하지만 우리를 가장 힘들게 했던 건 무엇이었을까요? 아마 '개학 연기' 아니었을까요?

정말이지 학교가 그렇게 될 줄 저는 꿈에도 몰랐습니다. 하늘이 무너져도 학교는 갈 줄 알았습니다. 게다가 2020년 제가 맡은 학년은 고3이었으니까요. 아니, 세상에 어떻게 대한민국에서 고3을 가로막는 일이 있을 수 있습니까. 하지만 2020년은 말도 안 되는 일이 일어나고야 말았습니다. 어떤 소설, 영화, 드라마보다 더 비현실적이고 비극적인 일이 말이지요.

이 책의 주인공은 2020년 고3들입니다. 내일은 학교에 가겠지, 다음 주는 등교를 하겠지, 하며 우리 고3들은 5월 말이 되어서야 처음 교실에 들어섰습니다. '선생님 학교를 가긴 갈까요. 두렵습니다.', '빨리 학교에 가고 싶습니다. 언제쯤 갈 수 있을까요?' 온라인 수업을 하던 3,4월. '선생님. 학교 온다고 긴장돼서 밤 샜어요.' 학력평가 시험지를 받으러 처음 학교에 들렀던 4월 24

일. 하루 전날 개학 연기 소식을 듣고 세상을 원망했던 5월 11일의 밤이 생각납니다. 5월 20일, 등교 개학일은 정말 잊을 수 없습니다. '아이들이 온다. 아이들이 온다. 세 달을 기다렸던 내 아이들을 만난다.' 첫 만남일, 저는 교실에서 전날 쓴 일기를 학생들에게 읽어 주었습니다. 뜨끈한 눈물과 콧물을 펑펑 쏟아내었지요. 코로나 속에서 누구보다 외롭고 힘들었을 우리 고3 학생들. 3, 4월 과제와 함께 내게 쏟아 내었던 아이들의 메시지가 생각납니다. 지금도 눈시울이 뜨겁습니다. 무언가를 더 못해 주었던 내가 미안합니다. 그 시간을 이겨 낸 아이들이 고맙습니다.

그러니까 이 책은 2020년 고3과 함께 한 국어 수업 이야기입니다. 2020년 고3을 맡은 것은 제게 운명이었습니다. 이 아이들을 잘 돌보라는, 지켜주라는 신의 계시라 생각되었습니다. 한 뼘 칸막이 안에서 마스크를 끼고 하는 수업. 얼마나 어렵게 온 학교이고 얼마나 힘든 수업 시간인데 허투루 보낼 수는 없었습니다. 어렵고 간절한 만남을 의미 있게 보내고 싶었습니다. 그래서 이 바쁜데 읽고 이렇게 힘든데 썼습니다. 답이 없는 물음들을 자꾸 묻고 또 생각했습니다. 칸막이 안에서, 카톡 방에서, 학습지 속에서 말이지요.

  2020년 고3에게 가장 필요한 것은 무엇이었을까요? 수능? 진도? 성적? 3, 4, 5월의 아이들을 보며 저는 '스스로 자신을 가꾸는 힘'이라는 생각이 들었습니다. 자꾸만 무너지는, 두려워하는 아이들을 보며, 또 교사의 작은 말에 영향을 받고 일어나는 아이들을 보며 말이지요. 나를 지켜내는 것, 강한 내가 되는 것이 바쁠수록 힘들수록 필요함을 느꼈습니다. '나를 지키고 우리를 가꾸는 것을 멈추지 않으면 좋겠다. 나쁜 사람에게 지지 말고, 불행을 당연하다 여기지 말고, 빛과 별을 꿈꾸고, 지금 여기를 고민하면 좋겠다. 고3이라 못하는 게 아니라, 고3이니 했으면 좋겠다.' 수능특강이 빼곡한 틈을 벌려 고3의 '독서와 글쓰기' 수업을 꾸리며 제가 블로그에 남겼던 생각 조각들입니다.

  꼭 책이어야만 할까요? 글이 아니면 또 어떨까요? 굴러가는 삶을 잠시 멈출 수 있는 방법, 그 틈을 벌려 끼울 수 있는 것들을 모두가 하나씩 끼고 살면 좋겠습니다. 이 책은 2020년을 걸어온 고3 학생들의 이야기, 그리고 그들을 껴안은 저의 이야기입니다. 책 출판을 기뻐해 주신 교장 교감 선생님을 비롯한 학남고 식구들, 고3을 대신하여 편집, 디자인을 도와준 고2 학생들, 그리고 무사히 코로나를 건너온 사랑하는 나의 벗 학남고 3학년 학생들에게 감사의 인사를 전합니다. 당신들과 함께 해서 정말 기쁘고 자랑스럽습니다. 그대들의 무궁한 행복과 발전을 빕니다.

2021년 1월

김미향

차
례

Q 열심히 노력하는 데 왜 이렇게 불안할까?

나를 바라보는 질문과 읽기

Ⓠ 웃을까? 그래도 될까?

나를 키우는 질문과 읽기

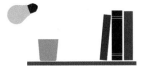

열심히 노력하는 데
왜 이렇게 불안할까?

나를 바라보는 질문과 읽기

오늘 내가 살아갈 이유

위지안

묻다 읽다 쓰다 ★이지윤

- 갑자기 암 말기 판정을 받는다면 어떨까?
- 어릴 때부터 꿈을 정하지 못 하는 게 마냥 괜찮다고
  볼 수 있는가?
- 정말 돈이면 모든 게 다 해결될까?
- 내려놓으니 보이는 것들에 대해서 어떻게 생각하는가?
- 기적이 존재한다고 믿는가?
- 강제적인 기부가 과연 의미가 있을까?
- 오늘 내가 살아갈 이유에 대해서 어떻게 생각해야
  하는가?

갑자기 말기 암 판정을 받는다면?

———

가끔 친구들과 장난으로 '넌 내일 죽는다면 오늘 뭘 할 거야?'라는 질문을 종종 한 적이 있었다. 그때마다 난 대수롭지 않게 '난 내가 싫어하는 애한테 해코지할 거야'라고 말하곤 했다. 그런데 이 책을 읽으면서 이 질문에 대해 심각하게 고민해 볼 수 있었다. '막연하게 생각만 해오던 것들이 진짜 현실이 될 수 있지도 않을까?', '진짜 암 말기 판정을 받으면 어떡하지?', '고등학교 3학년 때까지 대학에 가기 위해 공부했는데 대학도 못 가보고 죽는 걸까?' 등 다양한 생각을 해본 것 같다. 이 책의 작가는 '내려놓음'으로써 그동안 보지 못했던 것들이 보였다고 한다. 그러고 나서야 불평하기를 멈추고 남은 일생을 더 의미 있게 보내기 위해 노력했다. 이처럼 나에게 닥친 현실을 인정하고 남은 일생을 알차게 보내야겠다는 생각을 어느 누가 쉽게 할 수 있을까. 대다수는 당장 눈앞의 현실이 막막하고 길이 보이지 않아 자책하고 절망하는데 시간을 보낼 것이다. 하지만 이제는 작은 것들에도 감사를 느낀 작가처럼 하루하루를 살아가고 싶다. 도망친 곳에는 낙원이 없다고 생각한다. 나에게 남은 소중한 삶을 고통스럽게 살아가는 것보다 더 강한 나로 희망차게 거침없이 살아갈 것이다.

정말 돈이면 모든 게 해결될까?

———

    지금 우리 사회는 돈과 인맥이 있다면 훨씬 유리하게 살아갈 수 있다. 하지만 작가의 아버지가 매일 작가에게 가져다주는 '생명수'를 생각해 보면 다르게 보일 수 있다. 작가의 아버지는 몸도 좋지 않으신데 아픈 딸을 위해서 매일 새벽 산을 오르고 온갖 약재를 넣어 물을 끓여 가져다주신다. 딸이 하루 빨리 건강을 되찾길 바라는 그 마음은 어떤 것일까? 주인공이 남편에게 '생명수'에 대한 이야기를 듣고 눈물을 흘린 이유는 자신의 건강이 회복되는 것에 대한 기대 때문이 아니라 생명수를 매일 끓이고 가져다주시는 아버지의 정성이 느껴져서이다. 수술 순서는 어쩌면 돈과 인맥이 있다면 앞당겨질 수도 있다. 하지만 사람의 마음과 정성은 무엇으로도 바꿀 수 없다. 나를 슬프게 하는 것은 사실 돈으로 조종되는 진실이 아니라 '돈이면 뭐든 해결할 수 있어!'라고 생각하는 사람들의 인식인 것 같다. 그들의 시선은 이 현실을 더 부정적으로 만든다. 세상을 더 낫게 더 아름답게 만드는 것은 '돈'에 대한 인식이 아니라, '생명수'에 담긴 마음, 바로 그것일 것이다.

인생은 지름길이 없다
스웨이

묻다 읽다 쓰다 ★ 이수현

- 역경 속에서도 미소를 잃지 않기 위해서 나는 무엇을 할 수 있을까?
- 어떻게 하면 남들과 비교하지 않으면서 살아갈 수 있을까?
- 평정심을 유지하는 방법에는 어떤 것이 있을까?
- 기회를 잡기 위해서 어떤 준비를 해야 할까?
- 자신의 생각과 달리 성공하지 못하였을 때, 좌절감을 극복할 방법은 무엇이 있을까?
- 남들보다 천천히 가면서 인생을 즐기는 것이 과연 이득일까?
- 자신의 내면을 살펴보았던 경험이 있는가?

난 왜 언니처럼 될 수 없을까?

나에게는 공부를 잘하는 언니가 있다. 집에서 공부 이야기만 나오면 부모님은 언니와 나를 비교하서서 그럴 때마다 나는 한없이 작아졌다. 언니와 나를 비교하는 것이 너무 싫었다. 언니의 대학, 언니의 학점 나에게는 그저 부러움의 대상일 뿐이었다. 부러움의 대상과 나를 비교하니 내 자신이 너무 초라해 보여, 우울하고 짜증이 났다. "난 왜 언니처럼 될 수 없을까?"라는 생각을 매일 했다. 하지만 책에서 "다른 사람의 장점과 성공비결을 분석하고 그것을 자신의 것으로 만들어라. 남들과 비교하며 누가 더 잘났는지 따지지 말고, 겸허하게 상대의 장점을 배워라."라는 내용을 읽고 난 후, 나는 비교 당하는 것에 기분나빠하기만 하고 한 번도 언니의 장점을 배울 생각을 해보지 않았다는 것을 깨달았다. 그 후 나에게 언니는 그저 부러움의 대상이 아닌 배움의 대상이 되었다. 언니에게서 많은 것을 배울 수 있다고 생각하게 되니, 지금은 언니와 비교를 해도 기분

이 나쁘지 않다. 그리고 이 비교는 내가 공부를 열심히
하게 된 원동력이 되었다.

미소를 잃지 않기 위해서
나는 무엇을 할 수 있을까?

———

나는 눈물이 정말 많은 사람이다. 슬픈 일이 생기면 상황을 개선하려는 노력은 하지 않고 울기만 했다. 할머니 댁에서 키우던 강아지가 하늘나라로 가게 되었을 때에도 마찬가지였다. 울고 있던 도중 벽에 걸려있던 거울을 보게 되었다. 거울 속의 내 모습을 보니 갑자기 감정이 진정되기 시작하였다. 울고 있는 나의 표정을 보니 더 이상 울고 싶지 않아졌다. 이 경험을 바탕으로 나는 슬프고 힘들 때 거울을 보는 것을 추천한다. 자신의 표정을 보면 기분이 바뀌고 생각이 달라질 수 있다. 울고 있는 내 모습이 싫어져 울음을 그치고 싶어지기도 하고, 웃는 내 표정이 좋아서 기분도 자연스럽게 좋아질 수 있기 때문이다. 책에서는 역경 속에서 미소를 잃지 않기 위해서는 자신의 내면을 자세히 들여다보는 것이 도움 된다고 하였다. 하지만 나처럼 슬픔을 주체하기 힘들 때는 내면을 들여다보는 것이 어려울 수 있다. 그럴 때 내면이 아닌 외면을 보는 것도 좋은 방법이다. 거울 속 자신의 얼굴을 보며 감정을 조절하고, 생각을 조절하는 것. 역경 속에서도 미소를 잃지 않는 방법이다.

자신의 내면을 살펴 보았던
경험이 있나요?

———

    우리는 현실이라는 삶을 지탱하기 위해 항상 바쁘게 움직인다. 바쁘게 움직이며 외부세계를 향해 전력으로 질주한다. 나의 일상도 마찬가지다. 고3인 나는 내가 원하는 것이 무엇인지도 모른 채 항상 바쁘게 움직이며, 답답하고 힘들게 하루하루를 보내고 있었다. 그러던 중 이 책의 "자신의 내면 속에 나만의 정원을 가꾸는 것이 중요하다."라는 구절은 나의 내면에 대해 생각해 보는 계기가 되었다. 독서는 나의 내면을 확인하는 길잡이가 되어 주었다. 글을 읽다 보면 나와 비슷한 경험과 내가 필요한 내용을 만날 수 있기에, 난 글을 읽는 것이 나의 내면을 발견하는 법이라고 생각하였다. 책을 읽으면서 정작 '내가 무엇을 좋아하는지'와 같은 단순한 것도 모르던 내가 나에 대해 많이 알게 되었고, 내면을 살펴보는 것은 나에게 큰 힘이 되었다.

너는 특별하지 않아

데이비드 매컬로

묻다 읽다 쓰다 ★최봄

- 우리는 언제부터 특별함을 찾기 시작했을까?

- 우월과 특별의 경계는 어디일까?

- 특별함을 특별함으로 지킬 수 없을까?

- 나 자신을 안다는 것은 무엇일까?

- 사랑하는 것을 추구한다는 것은 무엇일까?

- 경쟁은 왜 문제가 될까?

- 이 책의 저자가 우리에게 특별하지 않다고 말한 이
  유는 무엇일까?

경쟁은 왜 문제가 될까?

   이 책에서 가장 묵직하게 '아!' 하고 나를 깨닫게 한 문장이 있다. "여러분이 세상을 보기 위해 모르는 것이지, 세상이 여러분을 보도록 하기 위해 모르는 것은 아닙니다." 우리는 오늘날 끊임없는 경쟁 속에서 살아간다. 그 경쟁 속에서 승자는 꼭대기에 올라서고 패자는 바닥에서 눌린다. 이런 잔인한 경쟁 속에서 사람들은 이기기 위해 발버둥 치면서, 이 경쟁은 잘못되었다고 비판한다. 그런데 사실 나도 경쟁이 잘못되었다고 생각하지만, 무엇이 잘못된 것인지 콕 집어 말하지 못한다. 경쟁은 사회 속에서 당연히 일어나는 현상이고 어찌 보면 자연법칙에 가장 잘 맞는 모습이다. 하지만 우리 사회의 경쟁은 많은 사람들을 다치게 하고 괴롭게 한다. 경쟁의 최고 목표는 꼭대기에 올라가는 것, 그것은 사람들에게 밟히지 않기 위함이다. 이 목적 자체가 경쟁을 위험하게 만들었고 남을 다치게 했다. 이 목적을 조금 바꾸면 어떨까? 밟히지 않기 위함이 아닌 남의 어려움을 좀 더

잘 돕기 위한 경쟁을 했으면 좋겠다. 물론 모든 사람이 나처럼 생각하는 것은 아닐 테다, 너무 희망적인 이야기로 들릴 수도 있다. 하지만 나부터 경쟁의 목표를 바로 세우고, 그에 맞는 태도로 경쟁한다면 우리 사회가 더 살만한 곳이 되지 않을까. 남을 볼 수 있는 사람, 남을 품을 수 있는 사람이 되고 싶다.

이 책의 저자가 우리에게 특별하지 않다고 하는 이유는 무엇일까?

———

　이 책의 제목부터가 참 충격적이다. "특별하지 않다." 어릴 때부터 부모님께 너는 특별하다고 들어온 나로서는 마음 한 켠 불편해지는 말이다. 그러나 이 책을 좀 더 자세히 읽어보면 결국 작가는 우리 모두가 특별하다는 메시지를 전달한다. 그렇다면 작가는 왜 우리가 특별하지 않다고 말했을까? 작가는 우리 개인의 고유함, 소중함을 부정하려 한 것이 아니다. 우리에게 특별하지 않다고 말함으로써, 우리의 시선을 '자신'의 특별함에서 '주변'의 특별함으로 돌린다. 이 세상 모두가 특별하기 때문에, 모두가 주인공이기 때문에, 특별함이 모인 우리 사회에서 각자의 특별함은 더 이상 특별하지 않다고 말한다. 자신의 특별함에 집중해서 다른 것을 잃는 일을 경계하는 것이다. 이렇게 생각해 보니 더 이상 나의 특별함에 집착하지 않게, 아니 그럴 필요조차 느껴지지 않게 되었다. 또한 그동안 특별함에만 집중하였기에, 내가 놓치고 있는 것은 없는지 반성하게 되었다. 아마도 작가는 이걸 원하지 않았을까.

나는 내가 잘됐으면
좋겠다
아이얼윈

묻다 읽다 쓰다 ★김소현

- "실패자에게 내일은 항상 기회다"의 전제조건이 성
  립할까?
- 과거에 괴로웠던 일이지만 지금은 수확으로 다가온
  경험이 있는가?
- 불평을 슬기롭게 하는 법이 있을까?
- 아무리 애써도 달라지지 않는 것이 있을까?
- 익숙하지 않은 것들이 만들어내는 더 좋은 상황이
  있을까?
- 성공하는 사람은 보이지 않는 곳에서 무엇을 할까?
- 열심히 노력하는데 왜 이렇게 불안할까?

새롭게 해보고 싶은 것이 있는가?

———

　이 책의 작가는 대만 청춘들의 롤 모델이다. 그는 많은 인생의 고비 끝에 성공을 하여 현재는 작가, 사진가, 그리고 투자가로서 자유롭고 자기 주도적인 삶을 살고 있다. 이러한 작가의 경험들을 털어 놓은 것이 바로 이 책이다. 솔직히 말하면 성공한 그의 삶이 부럽다. 그래서 나는 그저 작가의 성공한 삶을 닮고 싶었다. 하지만 이런 일차적 사고로는 절대 작가의 성공을 따라갈 수 없다. 작가는 옛날엔 방황하기도 했고 많은 시련을 겪기도 했다. 하지만 마음먹기를 달리하며 점점 자신이 원하는 일들을 해내고 긍정적인 자세로 모든 일을 해나간다. 그리고 때로는 적절한 자기 위로를 할 줄 알며 남의 비난에 대응도 적절하게 한다. 나는 이런 부분들을 보며 정말 작가가 대단하다 생각하였고 작가의 이런 멋진 점을 본받아야겠다는 생각을 했다. 한편 책을 읽으면서 나는 정말 복 받은 사람이라고 생각했다. 왜냐하면 이 책의 작가는 시행착오를 통해 30대를 넘어서야 이 모든 것을 깨닫고 글을 썼다. '하지만 나는?' 이 작가가 30대에 깨달은 모든 삶의 지식을 책으로 전달해 준 덕분에 10대에 그 진리들을 알게 되었고 실천하고자 하는 생각을 할 수 있게 되었기 때문이다. 비록 이 책의 작가처럼 인생의 터닝 포인트가 늦게 다가올 수는 있다. 하지만 내가 원하는 것을 하며 자유롭고 자기 주도적으로 살고 싶다.

슬기롭게 불평할 수 있을까?

———

　나는 정말 부정적이고 매사에 불평, 불만이 가득했었다. 그러나 어느 날 친구에게 "넌 왜 이렇게 뭐든 안 좋게 생각하니?"라는 말을 들었다. 그 순간 나는 정말 망치로 머리를 한 대 맞은 기분이었다. 그렇다. 나는 내가 매일 불평을 하면서도 내가 부정적인지 잘 모르고 있었던 것이다. 여기서 얻은 교훈은 "자신의 생활, 말하는 습관을 되돌아보고 자신의 불평이 많은지를 곰곰이 생각해 봐야 한다."라는 것이다. 그리고 불평이 많다고 생각하면 불평을 줄이기 위해 노력을 해야 한다. 지나친 불평은 타인뿐만 아니라 자신도 지치게 한다. 그러나 꼭 필요한 불평이라 생각한다면 시간을 가진 후 그것을 입밖으로 내뱉는 것이 좋겠다. 나는 항상 시간이 지나면 '그때 그게 왜 별로였는지?' 이유가 잘 기억나지 않는다. 아마 다수의 사람들도 나와 비슷할 것이다. 그래서 당장의 감정에 충실하지 말고 시간을 가지면서 필요 없는 불평을 하지 않는 것이 좋을 것 같다. 특히 그 기간에는 SNS를 하지 말았으면 좋겠다. 왜냐하면 SNS는 순간적인 감정에 너무 영향을 많이 주기 때문이다. 그래도 힘들다면 정말 믿을 만한 사람에게 털어 놓거나 일기장에 적는 것이 좋겠다.

제 인생에 답이 없어요

선바

묻다 읽다 쓰다 ★ 권예민

- 자기혐오: 자기혐오를 해서 좋은 점과 나쁜 점은?

- 위로: 어떤 것을 위로라고 할 수 있을까?

- 인간관계: 특별한 사람이 되려면?

- 대화: 대화를 할 때 좋아하는 것, 싫어하는 것에 대한 이야기?

- 재능: 재능일까? 노력일까?

- 희망: 희망이란 무엇일까?

- 인생갈등: 살면서 힘든 일에 부딪힌다면?

나에게 위로란 무엇일까?

———

"누군가를 위로하다."라는 말을 들으면 어떤 생각이 드는가? 나는 내가 건넨 위로가 그 사람에게 힘이 될 수 있는지에 대한 생각이 먼저 떠오르는 것 같다. 남을 위로해 주는 방법은 정말 다양하다고 생각한다. 단순히 "괜찮아. 다 잘 될 거야."라는 말을 해주면 위로가 될까? 나는 그렇게 생각하지 않는다. 남이 힘들어 할 때, 먼저 입장을 바꾸어서 생각을 해보자. 만약 내가 상대방이었다면 어떤 감정이 들까? 단순한 말로 위로가 될까? 전혀 그렇지 않다. 입장을 바꾸어 생각한다는 것은 상대방의 감정을 이해하려고 노력을 하는 것이다. 상대방의 감정이 이해가 된다면 그에 맞게 공감하며 위로의 말을 건네는 게 올바른 위로의 방법이라고 생각한다. 대화를 할 때도 감정을 몰입해 이야기하는 것처럼 위로도 마찬가지인 것 같다. 사람마다 방법은 다양하지만 나는 그렇게 상대방을 위로하는 편이다. 감정을 이해하고 말하는 것과 이해하지 않고 단순히 말만 하는 것은 정말 큰 차이가 있다. 상대방도 그 차이를 느낄 것이다.

자기혐오는 필요할까?

————

　누구나 살면서 한번 정도는 "난 왜 이것밖에 안 되지." 라는 자기혐오를 해본 적 있을 것이다. 자기혐오는 나에게 높은 기대치를 부여하고 그걸 달성하지 못한 실망감에서 비롯되는 것인데, 그 감정이 나의 전체를 부정하는 것으로 귀결되는 것은 아닐까? 내가 원했던, 내가 바랐던 내 모습이 현실과 너무 달라서 나도 그런 생각을 한 적이 있다. 하지만 나의 능력이 낮아서가 아닌 기대치가 너무 높았기 때문이라 생각하니 조금의 위로가 되는 것 같다. 자기혐오를 하는 것은 나 자신에 대한 기대가 크다는 반증이 아닐까? 미우나 고우나 앞으로 평생 함께 살아가야 하는 나인데 자기혐오를 멈추고 용기를 주며 사랑해 주는 것이 더 좋을 거 같다.

나를 사랑하는 연습
정영욱

묻다 읽다 쓰다 ★이동규

- 우리는 왜 나이를 먹을수록 부모님과 자주 싸우게 될까?
- 타인과의 친근한 대화를 위한 한 획을 추가하는 것이 어려운 이유는 무엇인가?
- "편견 없이 살고 싶다"에 대한 나의 생각은?
- 나는 착한 사람일까, 착해 보이려고 노력하는 사람일까?
- 더 큰 도약을 위해 한번 쉬는 것을 두려워하는 이유가 뭘까?
- '첫인상보다 아름다운 마지막 모습'에 대한 나의 생각은?

- "인간관계는 '호'보다 '불호'에 의해 좌지우지된다."
  에 대한 나의 생각은?

사랑하고 사랑받는 방법이 있을까?

——

처음엔 더 나은 자신이 되기 위한 방법을 알려주는 책이라고만 생각하고 책을 읽었다. 읽어갈수록 이 책에서 다루어지는 사람 상이 내게 아주 매력 있게 느껴졌다. 누구보다도 우아한 사람이라 생각되었다. 나도 그처럼 되고 싶었다. 이 책은 단지 스스로 자존감을 회복하는 방법을 알려주는 것이 아닌 누구에게나 사랑받고 모두가 되고 싶은 사람이 될 수 있는 방법을 알려주는 책이었다. 책에는 삶에서 피해야 할 사람의 종류와 꼭 붙잡아야 하는 사람의 종류가 나온다. 나는 이 부분을 읽으며 내 스스로가 붙잡아야 하는 사람이 되고 싶었다. 그래서인지 책을 읽은 뒤로는 말과 행동을 조심히 하게 되고 상대에게 진심으로 다가가기 위해 노력했다. 그러다 보니 전에는 친하지 않던 사람들도 어느새 내 옆에서 함께 떠들고 있게 되었다. 이 책을 읽기 전에는 친구라면 이해해 줄 거야 하는 믿음 하나로 가까운 이에게 무분별한 행동을 하기도 했다. '친구니까'라고 생각하며 상처받을 수 있는 말을 스스럼없이 한 것이다. 그로 인해 나도 친구도 어느 순간부터 상대를 인간이 아닌 로봇처럼 대한 것 같다. 서로의 모든 행동을 이해해줄 거야 하는 생각은 거리가 멀어지는 말과 행동을 하게 만들었다. 책을 읽은 후 나는 누군가에게 소중한 사람이 되고 싶다는 생각이 들었다. 그리고 나에게 소중한 사람들이 머리 속에 떠오르며 그들에게 소중한 말과 행동을 해야겠다는 생각도 들었다. 상대를 소중하게 대하니 내게도 비슷한 말이 돌아오게 되었다. 책을 통해 내가 얻은 것은 소중함을 깨닫고 가꾸는 법, 곧 사랑하고 사랑받는 방법이었다.

친근한 대화를 위한 한 획을 추가하는 것이 어려운 이유는 무엇인가?

———

나는 종종 타인과의 대화 도중 나의 말투가 딱딱하다는 생각을 했다. 가족, 친구, 선생님 등 서로의 얼굴을 알고 오프라인에서도 친근하게 말할 수 있는 대상들인데 서로 얼굴을 못 보고 딱딱한 글자로만 대화하는 온라인 대화방 는 친근하게 말하려고 해도 스스로 너무 이상하고 부끄럽게 느껴진다. "네"에서 "넹"으로 'ㅇ' 한 글자만 덧붙여도 더욱 친근해진다는 것을 알면서도 '나만 너무 친하게 느끼는 거 아닌가?', '평소랑 말투가 너무 달라서 이상하게 생각하지는 않을까' 등의 생각이 든다. 친근한 대화를 위해서 추가한 한 획을 다시 지운다. '주변 사람들은 잘만 하던데 못하는 내가 이상한 게 아닐까?'라고 생각하여 다시 휴대폰을 열어 대화를 본다. 왠지 엄두가 나지 않아 다시 휴대폰을 내려둔다. 나는 온라인이 오프라인보다 어려운 이상한 대인관계를 가진 이상한 사람인 듯하다.

타이탄의 도구들

팀 페리스

묻다 읽다 쓰다 ★ 나근훈

- 성공의 기준은 무엇일까?
- 내가 감사하게 여기는 것들에는 무엇이 있을까?
- 내가 잘하지 못함에도 계속 하고 있는 일은 무엇일까?
- 나는 실패에 어떻게 대처하는가?
- 남은 7퍼센트 가운데 당신은 몇 퍼센트를 화내고 걱정하고 좌절하는데 사용하고 있는가?
- 나는 아침에 일어나면 뭘 할까?
- 내가 할 수 있는 가장 충격적인 일은 무엇인가?

성공의 기준은 무엇일까?

———

책에 자주 등장하는 성공이라는 단어를 보면서 계속 성공의 기준은 무엇일까라는 의문을 가졌다. 사람마다 성공은 다양한 의미로 해석될 수 있다. 돈을 많이 버는 것, 자신의 꿈을 이루는 것, 안정된 직장을 가지는 것 등으로 해석될 수 있을 것이다. 나도 어떤 날에는 한 분야의 정상에 오르는 것이 성공이라고 생각하고, 돈을 많이 버는 것이 성공했다고 생각할 때도 있다. 하지만 내가 생각하는 진짜 성공은 자신이 좋아하는 일에 최선을 다하면서 사는 것이다. 예를 들어 돈을 엄청 많이 버는 일을 해도 자신이 싫어하고 하기 싫은 일을 하면 돈을 많이 버는 행복보다 그 일을 하는 것에 대한 스트레스가 더 클 것이다. 그래서 돈을 좀 못 벌어도 내가 좋아하는 일에 최선을 다하고 싶다. 자신이 좋아하는 일에 최선을 다하는 삶이 성공이라고 생각한다.

내가 감사하게 여기는 것들에는
무엇이 있을까?

———

    타이탄이라고 소개하는 인물들은 아침에 일기를 쓰는 습관이 있는데 주로 자신이 감사하게 여기는 것들에 대해 쓴다. 이 부분을 읽으면서 평소에 나는 부족한 것이나 안 좋았던 일들을 주로 생각하는 반면 감사하게 여기는 것에 대해서는 생각해 본 적이 없다는 것을 깨달았다. 그래서 내 주변에 사소한 것들부터 하나씩 생각을 해보았다. 평범하게 하루를 시작하고 마무리하는 것이 가장 감사하게 여겨야 할 일이라고 생각했다. 그리고 주변에 내 생각이나 마음을 이야기할 수 있는 사람들이 생각보다 많다는 것에 감사하게 생각한다. 이런 생각을 하면서 감사하게 여기는 것들을 찾다 보니 화내고 걱정할 일보다 감사할 일이 더 많다는 생각이 들어 행복해졌다.

무례한 사람에게 웃으며 대처하는 법

정문정

묻다 읽다 쓰다 ★박수진

- '약속'을 가볍게 생각하고 있지는 않은가?
- 건강한 인간관계란 무엇인가?
- 인간관계의 양과 질 중 어느 것이 행복을 결정할까?
- 남녀차별 문제는 왜 생기는 것일까?
- 어떻게 하면 후회하지 않는 인생을 살 수 있을까?
- 스스로의 자존감을 높일 수 있는 방법에는 무엇이 있을까?
- 남들이 나를 정의하면 나에게 어떤 영향을 미칠까?

어떻게 하면 후회하지 않는
인생을 살 수 있을까?

————

　후회란 '내가 그때 ~했으면 더 좋았을 텐데'라고 생각하는 것처럼, 과거에 자신이 한 일에 대한 불만족을 말한다. 내가 생각하는 후회하지 않는 삶이란 지나간 과거의 일에 연연하지 않고, 현재와 미래에 더욱 초점을 두고 살아가는 것이다. 마치 하루하루를 나에게 주어진 '선물'처럼 소중히 여기고, 의미 있고 가치 있는 일들로 채워 가는 것이다. 후회하지 않기 위해선 내 자신이 한 선택을 믿고 스스로 삶을 개척해 나가야 한다. 또 스스로를 사랑하는 법을 배워야 한다. 스스로를 사랑할 줄 알아야 타인도 사랑할 수 있다. 작은 일에도 감사할 줄 알아야 하고, 긍정적인 마인드로 생활해야 한다. 나만의 꿈과 목표가 가득 담긴 버킷리스트를 작성해 하나씩 이루어 보는 것도 후회를 멀리하는 아주 좋은 방법이 될 것이다.

남들이 나를 정의하면 나에게 어떤 영향을 미칠까?

———

우리는 살면서 나도 모르는 사이에 남들이 나를 정의하는 상황을 만나게 된다. '수진이는 ~하다' 처럼 남이 덧붙이는 나에 대한 수식어들은 정말로 내가 그러한 사람이 되게끔 만들어 버린다. 남들이 정의하는 나로 인해, 내가 점점 나 자신을 잃어가는 모습을 발견할 때마다 속상하다. 그리고 스스로가 어리석다는 생각이 든다. 왜냐하면 나를 누구보다도 잘 아는 사람은 나여야 하고, '나'라는 존재의 주체성은 내가 만들어야 하기 때문이다. 그러나 나는 남들이 색안경을 쓰고 맞추어 놓은 틀에 스스로 맞추어 들어가려고 한다. 남들이 계속 '나'를 정의하면 결국에는 진짜 나 자신이 어떤 사람이었는지 찾을 수 없고, 기억조차 못하게 될 수도 있다. 나는 내가 정의해야 한다.

나는 까칠하게 살기로 했다

양창순

묻다 읽다 쓰다 ★이은수

- 같은 상황을 겪었는데도 왜 나와 상대방의 해석은
  다를까?
- 지인들에게 특별히 더 신경 쓸 수 있는 좋은 방법이
  무엇일까?
- 슬픈 감정을 못 느낀다면 좋기만 할까?
- 화가 나서 미칠 것 같을 때 어떡하면 좋을까?
- 트라우마는 어떻게 극복하면 좋을까?
- 내 자신에 대한 기대치가 높은 것의 장단점은 무엇
  일까?
- 새로운 것에 쉽게 접근하는 방법은 무엇일까?

화가 많이 날 때는 어떻게 해야 할까?

———

평소에 화가 나면 그 감정을 주체하기가 어려웠다. 그저 감정이 스스로 잠잠해질 때까지 기다리기만 할 뿐이었다. 그래서 화가 많이 날 때에는 그냥 잠을 자버리는 방법으로 머릿속을 비우는 습관이 생겼다. 책에서는 화를 다스리는 법을 '감정이 소용돌이칠 때는 아무런 결정을 내리지 않거나 적어도 일정한 시간 동안 그 결정을 미뤄두는 것, 다른 활동을 해서 주의를 환기시켜 보는 것이 현명한 태도'로 설명하였다. 머릿속을 비우는 방법은 평소 많이 써 보았다. 하지만 다른 활동을 해서 화나는 감정을 억제해 본 적은 드물었다. 그래서 화가 나거나 감정이 격해졌을 때, 다른 일이나 활동을 하는 것을 나의 습관으로 들이고 싶다. 기존에 쓰던 방법과 다른 방법이기 때문에 어떤 효과가 나타날지 궁금하다. 감정이 저절로 잠잠해질 때까지 기다리는 것보다 왠지 더 빠르게 나쁜 감정을 잊을 수 있을 것 같은 기대가 든다.

슬픈 감정을 못 느낀다면 좋기만 할까?

———

아닐 것 같다. 감정은 즉각적인 느낌을 불러일으킨다. 그런데 감정 없이 생각만 할 수 있다면 어떤 일이나 상황을 마주했을 때 머리로만 헤쳐 나가야 한다. 생각이 많아지게 되고, 과부화된 상황에서 알맞은 해결방법을 찾기 어려울 것이다. 책에서 "우리의 감정은 그림자보다 더 악착같이 우리와 함께한다는 것을 우리는 매일 느끼며 살고 있다."라는 말이 있었다. 우리는 살면서 수많은 감정과 만나게 될 것이고, 그 감정들은 우리에게 큰 영향을 주기 때문에 그것을 어떻게 조절하느냐에 따라 인생이 변화할 것이다. 감정을 다 드러내보기도 하고, 상황과 사람에 따라 숨겨보기도, 속여보기도 해왔다. 난 지금까지 살면서 이런 시행착오를 통해서 슬픈 감정이 느껴질 때는 친구들에게 털어놓기, 화가 날 때는 잠을 많이 자기, 우울할 때는 가족들과 오랜 시간 보내기 등 내 감정을 조절하는 방법을 나름대로 구했다. 부정적인 감정을 느끼지 않는 것보다 스스로 자신의 감정을 조절하는 것이 좋다. 나는 그것이 난관을 극복해 나가는 힘이 된다고 믿는다. 슬픈 감정도 득이 된다. 슬픈 감정을 느끼고 조절하며 슬픔이 주는 긍정적 효과를 누려 보자.

지인들에게 특별히 더 신경 쓸 수 있는
좋은 방법은 무엇인가?

———

 학교에서나 사회에서 사람들과의 갈등은 무조건 일어난다. 학생인 나와 친구들과의 갈등은 친밀한 사이에서 서로에게 더 관심을 받고 싶기 때문에 일어나는 경우가 많았다. 많은 갈등을 겪어보고 난 후 깨달은 것은 남한테 무언가를 받거나 관심 가져주기를 바라기보다는 내가 받고 싶은 만큼, 기대하는 만큼 내가 먼저 나누어주는 삶의 태도의 효용이다. 어떤 경우에도 나에게 무조건 맞춰주는 사람은 없다고 생각한다. 상대방에게 받기를 기대하기보다 내가 먼저 실천해야 한다고 생각한다. 이 책에서는 인간관계란 결코 일방적으로 이루어지는 것이 아니라고 했다. 이 구절을 읽고 먼저 남에게 관심을 가지고, 잘해 줘야 한다고만 생각했던 기존 나의 생각이 틀렸다는 것을 알게 됐다. 인간관계는 일방적인 것이지 않다. 서로 소통하는 것이 매우 중요하다. 서로 소통하며, 서로가 서로에게 기대하는 만큼 베푸는 것이 인간관계를 탁월하게 이어가는 방법이라고 생각한다.

상처 주는 것들과의 이별
손정연

묻다 읽다 쓰다 ★이윤아

- 어떠한 말들이 인간관계에 영향을 미칠 수 있을까?
- 남한테 피해주는 것이 싫다면 어떻게 행동해야 할까?
- 질문에 대한 다른 사람의 대답과 의문에 귀를 기울여야 하는 이유는?
- 상처를 주는 사람은 가까운 사람일까 먼 사람일까?
- 우리는 트라우마나 복합외상 등에 어떤 대처법을 실행해야할까?
- 트라우마를 다른 취미로 잊을 수 있을까?
- 방어적 태도가 누군가에게 미치는 영향은?

상처를 주는 사람은 누구일까?

———

이 책은 상담을 통해 알게 된 내담자들이 겪은 일에 대해 이야기한다. 내담자는 연령도, 직업도, 환경도 서로 다르다. 내담자가 겪은 상처의 내용도 각기 다르다. 하지만 이들에게 상처를 주는 사람들은 유사하다. 이들은 주로 내담자의 가족, 친구, 직장 상사 등 내담자와 가까운 이들이었다.

나도 누군가에게 상처를 받은 적이 있다. 가까운 친구의 행동에 마음을 다쳤고, 그 때 제대로 풀지 못한 것이 내내 나를 괴롭혔다. 그것이 자주 생각이 나서 마음이 괴로울 때가 많았다. 몇 년을 힘들어 하다가 믿을 만한 친구에게 속내를 털어놓았다. 내 말을 들은 친구의 답은 간결했다. "아, 그랬었어? 그럴 수도 있지." 나에게 상처를 줬던 친구에 대해서는 "걔 원래 그런 애였잖아. 뭘 그런 것 가지고 마음에 두고 사냐?"라고 말했다. 그 친구는 내 몇 년간의 고민을 대수롭지 않게 여긴 것이다. 나는 내 오랜 고민을 가볍게 여기는 친구를 통해 또 다른 상처를 받았다. 돌이켜 보면 '사이' 때문이다. 지난날 나의 상처는 내가 친구와 가까운 사이인 탓이 크다. 오늘의 상처도 내가 가까운 이에게 털어놓았기 때문에 공감 받지 못하는 상황이 더 힘들게 느껴졌다. '너라면 이해해 줄 줄 알았는데, 네가 어떻게 나에게 이럴 수 있어?' 하는 마음이 나를 괴롭게 만든 것이다.

이 책에서는 내담자가 청소년이거나 혹은 청소년기에 겪은 일들은 친구, 형제, 부모 등 가까운 이와 관련 있다고 이야기한다. 왜 우리는, 특히 청소년은 가까운 이로부터 상처를 받는 걸까? 아마 쉽게 피할 수 없는 사람이기 때문이 아닐까? 가까운 이들을 좀 더 살피고, 가까운 이에게 보다 친절하고 다정한 이가 되고 싶다.

방어적 태도가 미치는 영향은?

────

어떤 사람들은 상처받지 않기 위해 방어적 태도를 취한다. 방어는 자신이 상처 받지 않기 위해서 취하는 태도이지만, 그 영향은 자신뿐 아니라 주변에게까지 미친다.

나는 친구들과 두루 두루 친한 관계를 유지하는 편이다. 같이 이야기하고 같이 다니는 친구들이 많다. 하지만 그러다보니 특별한 한 명, 단짝이 없었다. 그래서 무리 속에서도 공허함을 느꼈다. 무리에서 특정 인물들이 더 친해 보이기도 했다. 괜히 소외감이 들기도 했다. 나는 나를 특별하게 여겨줄 한 명, 내 이야기에 무조건 관심을 갖고 공감해줄 수 있는 친구를 바랐다. 이 감정이 심해지자 나는 방어적으로 변했다. 친구들 사이에서 내가 소외감을 느끼게 될까 두려워 친구들을 피하게 되었다. 특히 학교 밖에서 친구들을 만나는 횟수가 눈에 띄게 줄었다. 졸업 후 우연히 다른 친구에게서 나랑 같이 다니던 친구가 나의 변한 태도에 서운함을 느끼더라는 이야기를 듣게 되었다. '그게 아닌데. 나는 그 친구를 정말 좋아하는데. 내가 상처 받을 것이 두려 웠을 뿐인데. 그런데 나는 왜 일어나지도 않은 일을 미리 걱정하고 방어한 거지?' 그제야 나는 후회하게 되었다. 내가 받을 상처로부터 도망치는 것. 어쩌면 이것은 방어적 태도에서 나아가 비합리적인 사고, 이기적인 선택이라는 생각도 들었다. 결국 나의 생각과 행동은 친구에게 상처를 입혔고, 나 자신에게도 후회로 남았다.

저자 역시, 내담자의 눈에 보이는 것이 전부가 아니라고 말한다. 내담자가 지나친 위축으로 방어적 태도를 취하지 않아야 한다고 한다. 올바른 이해의 필요성에 대해 말한다. 이 부분을 읽으며 과거의 내가 보였다. 나는 위축되어 지나치게 방어적 태도를 취했다. 나는 나를 이해했어야 했다. 그리고 상대방을 이해했어야 했다.

웃을까?
그래도 될까?

나를 키우는 질문과 읽기

선량한 차별주의자

김지혜

묻다 읽다 쓰다 ★박소민

- '한국인이 다 되었네요.'라는 말에 문제점이 있다면 무엇일까?
- '희망을 가지세요.'라는 말에 문제점이 있다면 무엇일까?
- 우리가 비하 개그를 보며 웃는 이유는 무엇이며, 웃지 말아야 할 이유는 무엇인가?
- 비하성 언어들이 신조어로 떠오르고 있는 시대, 어떻게 바꿔나가야 할까?
- 차별적 단어를 규정하는 명확한 기준은 과연 존재할까?

- 왜 어른들은 바뀌어가는 사회에 발맞추어 학습하려 하지 않을까?
- 우리도 모르게 쓰는 차별적 단어에는 어떤 것이 있을까?

우리는 왜 비하 개그를 보며 웃을까?
그래도 될까?

─────

비하 개그의 대표적인 예로 자폐아를 소재로 한 영구·맹구, 흑인을 소재로 한 시커먼스 등이 있다. 우린 이런 개그를 보며 깔깔 웃었던 적이 있다. 우리가 비하 개그에서 재미를 느끼는 까닭은 무엇일까? 그 이유는 '우월성 이론'으로 설명할 수 있다. 우월성 이론에서는 다른 사람과 비교해서 자신이 더 낫다고 생각할 때 자존감이 높아지면서 기분이 좋아져 웃음이 나온다고 본다. 누군가를 비하하는 개그가 재미있는 이유는 그 대상보다 자신이 우월해지는 기분이 들기 때문이다. 자신의 우월성을 느끼기 위해 상대를 무너뜨려도 될까? 이는 인간을 도구로 취급하는 행위이자 자신의 이익을 위해 타인의 인권을 짓밟는 잔인한 행위이다. 그러니 우리는 이런 개그를 보고 절대 웃지 말아야 한다. '개그'라는 것은 보는 사람들로 하여금 웃음을 짓게 만드는 행위, 기쁨을 느끼게 하는 행위이다. 과연 비하 개그를 보며 모든 사람이 웃을 수 있을까? 절대 아니다. 이러한 개그의 소재가 된 누군가는 씻을 수 없는 상처를 받을 수 있다. 개그를 보고 웃지 못하는 사람이 단 한명이라도 존재한다면 이는 '웃을 수 없는 개그'이다. 이보다 더 모순적인 상황이 존재할까.

차별적 단어를 규정하는 명확한 기준은 과연 존재할까?

———

'때론 세상에서 가장 아름다운 언어도 사용하는 사람에 의해 상처를 주는 잔인한 의미로 바뀔 수 있다'라는 말과 함께 책의 한 챕터가 시작되었다. 한 중학생이 겪은 일이 나온다. 그 학생의 담임선생님은 종례 후에 학생에게 "다문화 남아!"라고 말씀하셨다고 한다. 그 학생은 자신의 이름 대신 '다문화'로 윽박지르듯 불렸던 것이 상처로 남았다고 한다. 나 역시 다문화라는 단어가 차별적 의미를 지닌 단어가 될 줄은 꿈에도 몰랐다. 다문화는 다양한 인종과 문화를 지닌 사회를 가리키는 하나의 단어이다. 우린 다문화라는 단어를 사용하면서 다양한 문화를 존중해 주고 있다는 착각을 하곤 한다. 하지만 상황과 맥락에 맞지 않게 사용하는 '다문화'라는 단어는 구분 짓기를 통해 상대를 모욕하는 상처의 말이 된다.우리가 사용하는 단어들이 누군가에게는 낙인으로 느껴지지는 않을지 한 번 더 신중히 생각해 보는 시간을 가졌으면 좋겠다.

헐하우스에서 20년
제인 애덤스

묻다 읽다 쓰다 ★ 이예지

- 어린 시절 주인공이 자신의 외모를 싫어하면서 숨고 싶어한 이유는 무엇일까?
- 어린 시절 주인공이 제분소 일꾼들의 엄지손가락을 부러워한 이유는 무엇일까?
- 어린 시절에는 행복한 것만 접해야 한다며 아이들에게 죽음이나 슬픔과 관련한 문제를 이야기하지 않으려는 어른들의 행동은 올바른가?
- 똑같이 재능이 없는 두 사람 중, 형편이 나빠 자신의 재능을 확인할 기회가 없어 재능이 있다고 착각하는 사람과, 형편이 허락하여 자신의 재능이 없다는 것을

확인한 사람 중 더 불행한 사람은 누구일까?

- '본보기'를 삼겠다며 한 사람만 처벌하는 권력자의 행동은 올바른가?

- 남의 외모에 대한 발언은 어디까지가 적절할까?

- 부모님보다 아이가 돈을 더 잘 버는 상황이라면, 아이에게 생계를 책임지게 해도 되는가?

어린 시절의 나와 지금의
나는 어떻게 다른가?
———

이 책에서 제인 애덤스는 어린 시절 아버지를 따라 교회에 가기 위해 준비하면서, 자신이 좋아하는 비싼 옷을 꺼내 입는다. 그것을 본 아버지는 제인 애덤스를 타이르며 아이들에게 박탈감을 줄 수 있으니 다른 옷을 입자고 하셨다. 나는 이런 제인 애덤스의 아버지의 생각을 배우고 싶다. 나는 어렸을 때부터 좋은 옷이 생기면 그것을 바로 입고 남에게 보여주는 것을 좋아했다. 초등학교를 다닐 때, 친구가 그 당시에 유행하던 브랜드의 옷을 입고 와서 나에게 자랑한 적이 있다. 나는 그것을 보고 부러웠고, 나도 가져야 할 것 같은 조급한 마음이 들어서 결국 부모님께서 사주신 경험이 있다. 제인 애덤스 아버지처럼 자신의 행동으로 인해 상대방이 느낄 마음을 헤아리는 행동이 아주 바람직하다는 생각이 들었다. 생각해 보면 우리가 학교 체육복, 교복을 입는 이유도 제인 애덤스 아버지와 같은 마음에서 나온 것이 아닐까? 어린 시절의 나는 좋은 물건을 가지면 남에게 과시하는 것을 좋아했었다면, 지금의 나는 그러한 행동이 다른 사람들에게 상처를 줄 수 있다는 것을 이 책을 통해 다시 한번 깨닫게 되었다.

아이들에게 죽음이나 슬픔과 관련한 문제를 이야기하지 않으려는 어른들의 행동은 옳은가?

————

이 책에 나오는 어느 부모님은 자신의 아이에게 죽음과 같은 슬픈 이야기를 숨기고 행복한 일만 접해야 한다고 생각했다. 그렇지만 이런 어른들의 태도에 아이들은 자신이 하나의 인격으로 존중받지 못한다고 생각할 것 같다. 내가 나의 어린 시절을 생각해 보면 어른들이 어떤 생각을 가지고, 어떤 의도로 나에게 말을 하는지가 전부 느껴졌고, 지금도 나의 기억에 남아있다. 나는 어린 시절, 집에서 거북이를 키웠던 적이 있다. 어느날 아침 일어나 보니 거북이가 없었다. 거북이가 죽었고, 어머니는 그 사실을 나에게 숨기셨다. 거북이의 행방을 묻는 나의 질문에 횡설수설 하셨다. 그때도 나는 무언가 이상하다고 생각했고, 어머니께서 내게 거짓말을 하시는 것 같다고 생각했었다. 얼마 전, 그때 일에 대해 여쭤보니, 어머니께서는 내가 너무 어려서 충격 받을까 봐 사실대로 말하지 않았다고 한다. 하지만 어머니의 숨김으로 나는 사랑하는 거북이를 애도하는 기회를 잃었고, 풀리지 않는 의문을 계속 고민 했다. 어머니에 대한 불신도 생겼다. 어린 아이가 죽음과 같은 슬픈 문제를 접함으로써 충격 받기도 하겠지만, 그로 인해 더 성장할 수 있다고 생각한다. 나는 어린 아이와 함께 대할 순간이 온다면, 사실을 숨기지 않고, 솔직하게 말해주고 싶다. 어린 아이의 시각으로 슬픔을 마주할 수 있게 해주고 싶다.

나는 드라마로 시대를 기록했다

고석만

문다 읽다 쓰다 ★박예담

- 방송통신위원회의 〈땅〉에 대한 제재는 타당한가?
- 사회, 정치적 방송(드라마, 다큐, 공익광고 등)은 왜 필요한가?
- 광주 민주화 운동 당시에 6.25 전쟁의 내용을 담은 방송을 방영한 언론에 대한 나의 생각은?
- 사회 정치적 방송을 개편할 때 필요한 덕목은 무엇일까?
- 창작의 자유는 침해 가능한가?
- 국가의 언론통제는 정당한가?
- 우리는 왜 우리의 정서를 예술에 담아야 하는가?

언론의 역할은 무엇일까?

───

　나는 언론 방송, 광고 홍보 분야로 나아가기를 원한다. 이러한 진로를 가진 입장에서 이 책을 읽으니 배울 점이 많았다. 도움이 된 내용은 다음과 같다. 첫째, 방송 언론은 광고화가 되면 안 된다. 과거 사회가 불안하고 혼란스러울 시기에 우리나라의 정부는 언론을 광고화하여 사람들의 흥미보다는 특정 사상을 주입시키고 설득시키는데 힘을 썼다. 나는 특정 권력에 의해, 누군가의 이익을 위해 언론 방송이 광고화가 되면 국민을 바보로 만들 수 있다는 것을 깨달았다. 그래서 나중에 언론방송 분야의 직업을 가지게 된다면 누군가의 권력에 눌려 언론방송을 광고화하지 않겠다고 다짐했다. 둘째, 누군가의 정치적인 사상이 언론에 스며들면 안 된다. 독재 정권을 이끌었던 전 대통령들은 사람들이 정치에 관심 가지지 않도록 3S정책 등을 펼치곤 했다. 이 또한 국민을 바보로 만드는 행위이다. 이를 통해 나는 언론방송, 광고홍보 분야는 단순히 정보를 전하고 즐거

움을 주는 것이 아니라 민주주의를 실현하는 방법이 될
수 있다고 느꼈다.

창작의 자유를 침해해도 될까?

───

이 책을 읽기 전에는 창작의 자유를 침해한다는 것은 어떠한 이유로든 말도 안 된다고 생각하였다. 그 이유는 창작의 자유는 민주주의의 이념이고 정의로운 국가의 상징이라고 생각했기 때문이다. 그러나 이 책을 읽고 난 후 생각이 바뀌었다. 이 책에서 우리나라가 민주주의 국가로 자리 잡기까지의 이야기가 나온다. 만약 당시 우리나라의 민주주의를 위해 힘쓰던 분들이 나서서 공산주의 사상을 담은 창작물들을 없애지 않았다면 우리나라는 지금 어땠을까? 어쩌면 우리도 북한처럼 되었을지도 모른다. 즉 이치에 맞지 않는 것, 국가가 뿌리째 흔들릴 수 있는 창작물은 공익을 위해 제거할 필요가 있다고 생각한다. 창작의 자유는 특정 이유에 한해 침해될 수도 있다. 그러나 단순 권력자의 이익을 위한 개인과 개인, 기업과 개인, 국가와 개인의 사이에서는 절대로 침해 되어서는 안 된다. 그러므로 나는 창작의 자유 침해에 대해 조건부 찬성을 한다.

뉴스의 시대

알랭 드 보통

묻다 읽다 쓰다 ★ 전수현

- 왜 좋은 뉴스보다 나쁜 뉴스가 더 많이 보도될까?
- 저널리스트가 가져야 할 자질 또는 태도는 무엇일까?
- 이성적인 뉴스란 어떤 것일까?
- 뉴스가 충족시켜야 할 궁극적인 욕구는 무엇이 있을까?
- 뉴스는 어떤 방법으로 우리의 삶을 풍성하게 해줄까?
- 우리에게 맞춤 뉴스는 어떤 영향을 미칠까?

왜 나쁜 뉴스가 더 많이 보도될까?

———

이 책의 작가는 "동전의 유쾌한 면은 결코 뉴스가 될 수 없다."라고 말했다. 재난 뉴스를 볼 때 독자들은 두려움과 공포심을 가지게 된다. 그리고 이런 뉴스는 사람들이 자신의 평온한 생활에 안도감을 갖게 만들기도 한다. 언론들이 자극적인 뉴스를 많이 보도하는 이유는 무엇일까? 독자들에게 공포심을 주기 위한 목적일 수도 있다. 그리고 어쩌면 겪을 수 있는 상황에 대해 미리 생각해 보고 어려움에 처한 이들을 살피기 위함일 수도 있다. 언론은 시청률을 올리려는 급급한 속셈을 가지고 있다. 좋은 뉴스보다 나쁜 뉴스에 사람들은 더 큰 감정의 동요를 느낀다. 나쁜 뉴스를 통해 더 큰 폭으로 생각과 고민을 하기도 한다. 그래서 시청자들은 뉴스 내용에 대해 정리하고 이면을 살피는 비판적인 시각을 가져야 한다고 생각한다. 우리는 커다란 헤드라인 이면에 있는 의도를 파악하고 생각하여 조금 더 성숙한 독자로 성장할 필요가 있다.

저널리스트가 가져야 할
태도는 무엇일까?

———

　요즘 무의식적으로 언론사의 논리에 빠져서 현혹되는 사람들이 많아졌다. 그만큼 제대로 뉴스를 받아들일 수 있는 독자가 줄고 있다. 사람들은 매일 빠르게 바뀌는 뉴스 소식들을 주체적으로 받아들이기보다 수동적으로 받아들인다. 이러한 현대 사회의 문제점을 해결하기 위해 저널리스트는 언론이 특정 세력으로 기우는 것을 감시해야 한다. 또한 권력자를 폭로할 수 있는 당당함과 자신의 말과 글을 책임질 수 있는 책임감을 가져야 한다. 내가 저널리스트가 된다면 보다 정직하고 신뢰할 수 있는 뉴스를 제공하는 사람이 되고 싶다. 더불어 독자의 이야기에도 귀 기울이며 독자와 언론이 서로 소통할 수 있는 긍정적 관계를 형성하도록 노력할 것이다.

거짓말하는 착한 사람들

댄 애리얼리

묻다 읽다 쓰다 ★김가람

- 우리가 부정한 행동과 멀리 떨어져 있기 위해 필요한 노력은 무엇인가?
- '자아고갈'의 상태에서 자제력을 가질 수 있는 방법은 무엇인가?
- 어떻게 하면 사회에 만연한 범죄를 줄일 수 있을까?
- 사회적으로 전염되는 부정행위를 막을 수 있는 방법은 무엇일까?
- 협력은 무조건 좋은 것일까?
- 자신이 실패한 사실을 부정할 수 없을 때 다른 사람이나 환경을 탓하는 이유는 무엇인가?
- 타인을 위한 부정행위는 옳은 것인가?

부정한 행동을 하지 않으려면
어떻게 해야 할까?

———

　우리는 무의식적으로 편하고 쉬운 길을 찾는다. 하지만 그런 상황이 지속되면 부정행위를 의도치 않게 하게 될 수도 있고, 반복된다면 부정행위를 하고 있다는 사실조차 인지하지 못하게 될 것이다. 부정행위라 해서 크고 심각한 범죄만 있는 것은 아니다. 집 앞 작은 횡단보도에서 무단횡단 하는 것, 운전할 때 과속하는 것, U턴 구역이 아닌 곳에서 U턴을 하는 것 등 사소한 것들도 부정행위에 포함이 된다. 이런 부정행위와 멀리 떨어져 있기 위해서 우리는 늘 경각심을 갖고 행동해야 한다. "부정한 행동에는 어떤 것이 있을까?", "정직한 것이란 무엇일까?", "내가 모르는 상황에서 저지른 부정행위가 있는가?"와 같은 질문을 스스로에게 끊임없이 던지면서 깊게 생각해 볼 필요가 있을 것이다. '도덕적 상기'도 아주 큰 도움이 될 수 있다. 우리가 습관적으로 가지고 다니는 휴대폰의 배경화면 혹은 현관문에 도덕적인 규범을 메모해두고 생활한다면 부정한 행동과 좀 더 멀어질 수 있을 것이다. 이와 같은 자아성찰의 모습을 이들이 행하면 부정한 행위를 하는 사람이 줄어들 것이고 정의롭고 안정된 사회를 만들어 갈 수 있을 것이다.

'자아 고갈'의 상태에서 자제력을 가질 수 있는 방법은 무엇인가?

────

사람은 누구나 유혹에 약하다. 우리는 끊임없이 쏟아지는 각종 유혹을 받으며 온종일을 보내는데 그것이 반복되고 늘어날수록 유혹에 넘어갈 가능성이 높아진다. 다이어트를 하던 도중 냉장고 안의 달콤한 케이크를 보았을 때, 시험기간에 친구들과 연락하고 싶을 때를 떠올리면 이해가 될 것이다. 이러한 상황에서 자제력을 가져 유혹에서 이기는 방법은 유혹의 대상들을 피하는 것이다. 냉장고 안의 케이크를 치운다거나 시험기간에 휴대폰을 누군가에게 맡기는 것처럼 말이다. 또 다른 방법은 유혹에 맞서 싸우는 능력을 기르는 것이다. 그 능력을 기르기 위해 자신이 유혹을 잘 이겨냈을 때 작은 보상을 준다. 케이크를 먹고 싶은 욕구를 참고 내가 좋아하는 TV프로그램을 시청하거나 하루 할당량의 공부를 끝냈다면 좋아하는 간식을 먹는 방식으로 말이다. 또한 잘 보이는 곳에 유혹을 뿌리칠 수 있을만한 글귀를 적어두고 경각심을 갖게 하는 방법도 있다. 유혹에 굴복하지 않기 위한 자제력을 찾고 기르며 조금 더 단단한 자신을 만들어 가면 좋겠다.

정의론

존 롤스

문다 읽다 쓰다 ★이병철

- 수저론의 발생 이유가 출생의 불평등이 아닌 제도 개
  선 기대의 제약에서 비롯된다고 하였다. 과연 출생의
  불평등은 수저론에 영향을 미치지 않았을까?
- 사회적 우연성을 막기 위해 양도세를 고율로 징수하는
  정책이 있다. 이와 비슷하게 동등한 자연적 재능을 가
  진 사람들이 유사한 기회를 누릴 수 있을까?
- 기회의 불평등을 가져온 잠재적 체제 중 하나인 가정
  을 배제하면, 그와 동시에 인간 행복의 중대한 원천인
  재능의 다양성마저 소멸하여 배제할 수 없다고 했다.
  만약 가정이 불평등의 가장 큰 원인임이 밝혀진다면,

가정을 배제해야 하는가?

- 모든 사람이 공정하게 대우받는 원초적 입장에서 모두 합의할 수 있는 원칙이 있다면, 그것이 합의라고 하였다. 과연 이 정의는 시간이 지나더라도 항상 정의로울까?

- 공평성을 위해 배제한 지식이 아니면 인간사와 관련된 갖가지 일반적 지식은 좀 더 현실성 있는 정의의 원칙으로 선택함에 있어 허용되어야 한다고 했다. 융통성을 위해 배제한 지식은 확실히 어떤 것일까?

- '운의 중립화'를 통해 정의의 문제를 해결할 수 있을까?

- 롤스의 일반적 정의관인 모든 사회의 가치들은 이들 가치의 전부 또는 일부의 불평등한 분배가 모든 사람에게 이득이 되지 않는 한 평등하게 '분배되어야 한다.'라고 했다. 일부 사람들에게 피해를 주지만 사회의 정의에 꼭 필요한 사회적 가치는 배분되어야 할까?

왜 변호하는 것일까?

────

코로나 사태로 등교가 계속 늦어지는 상황에서 집에 있는 시간을 효율적으로 보내기 위해 나의 진로와 관련된 책을 읽기로 하였다. 그래서 '헌법을 쓰는 시간', '어떻게 살인자를 변호할 수 있을까?', '미래의 법률가에게' 등 여러 책을 읽었다. 이 책들의 공통적인 내용은 바로 '정의'이다. 사실 나는 '변호사는 죄가 중한 살인자를 왜 변호하는 것일까'라는 의문을 가지고 있어서 정의와 관련된 책을 읽으면 이 질문에 대한 해답을 얻을 수 있을 것이라 기대했다. 그러나 책을 읽어도 해답을 찾을 수가 없었다. 나의 호기심은 점점 커졌고 마침내 '정의론'이란 책에서 명료한 답을 얻을 수 있었다. 롤스가 주장한 '무지의 베일 상태'는 사회 구성원이 각자가 가진 사회적 지위를 모르고 있는 상태다. 만약 우리가 자신이 사회에서 어떤 지위를 가지게 될지 모르는 상태라면, 심지어 살인자가 될 수도 있다면 살인자를 모든 권리로부터 배제하자는데 동의할 수 있을까? 절대 그렇지 않을 것이다. 이 책을 읽고 아무리 범죄자라도 '무지의 베일 상태'를 생각하면 모든 이의 인권을 보호해야 한다는 결론을 얻게 되었다. 범죄자의 인권도 소중히 생각하는 따뜻하고 정의로운 검사가 되고 싶다.

과연 출생의 불평등을
생각하지 않을 수 있을까?

————

　수저론이란 개인의 노력보다는 부모로부터 물려받은 부에 따라 인간의 계급이 나뉜다는 자조적인 표현의 신조어이다. 사법고시가 없어지고 법조인이 되는 과정을 밟는데 상대적으로 더 많은 돈이 드는 로스쿨 제도가 도입되었다는 점, 고액의 사교육이 늘어나 이를 받는 학생들이 늘어났다는 점, 국회의원이나 대통령이 되기 위해 선거에 참가하려면 고액의 돈이 필요하다는 점 등 우리 주변에도 자신이 원하는 바를 이루기 위해 고액의 돈이 필요하여 '하위 계층' 사람들에게는 경제적인 이유로 도전하기 힘든 것들이 많다. 이러한 불평등을 해결할 수 있을까? 나는 어렵다고 생각한다. 사법고시를 없애는 것, 국회의원이나 대통령 선거에 출마할 때 내는 돈을 낮추자는 문제는 부를 가진 기득권 세력의 반대로 개선되기 어렵다. 출생의 불평등은 계급을 나누고 공고화하는데 기여한다. 기득권층은 자신의 재산과 권력을 유지하기 위해 자신과 지위가 비슷한 사람과 가정을 꾸리게 될 것이다. 또한 그들의 자녀들도 그렇게 하여 자신의 권리를 유지하려 할 것이다. 비기득권층은 자연스럽게 비슷한 이들과 가정을 꾸리게 된다. 그리고 그들의 계급이 이어질 것이다. 출생의 불평등과 계급의 대물림을 해결하는 방법에 대해서는 아직 잘 모르겠다. 다만 우리 사회에는 출생의 불평등이 널리 퍼져 있으며 이를 부정하거나 간과할 수는 없다는 생각이 든다.

면역에 관하여

율라 비스

묻다 읽다 쓰다 ★ 조연미

- 아이를 제 운명에서 벗어나게끔 만드는 건 불가능한
  데도 신들이 끊임없이 시도하는 이유는 무엇일까?
- 〈내 편〉과 〈네 편〉의 대립이 생긴 이유는 무엇일까?
- 아킬레우스의 어머니는 왜 스틱스강에 아킬레우스를
  완전히 담그지 않았을까?
- 각 나라의 여러 가지 좋은 예시들이 있음에도 불구
  하고 왜 백신을 완전히 믿기까지 오래 걸린 것일까?
- 자식들이 태어남으로써 엄마들이 포기하는 것이 많아
  지는데 그것을 포기하는 이유가 단순히 엄마라는 이
  유 때문일까 아니면 포기할 만한 가치가 우리에게 있

는 것일까. 그리고 그 이유는 무엇일까?

- 인간이 만들어낸 여러 약품의 사용으로 인해 자연이 훼손되고, 그 영향으로 인간이 피해 본다는 것을 알면서도 환경파괴가 계속되는 이유는 무엇일까?

- 카슨이 생태계를 정교한 그물망이라고 표현한 이유는 무엇일까?

'내 편'과 '네 편'의 대립이 생긴
이유는 무엇일까?
나는 '편'에 대해 어떻게 생각하는가?
———

〈내 편〉과 〈네 편〉이라는 개념은 시대의 변화와 함께
생겨났다. 아주 먼 과거에 처음으로 마을이 생기고 생
산물을 만들어내고 이 과정에서 그 마을 안에서도 계급
이 생기게 된다. 이 흐름 속에서 공동의 소유가 아니라
온전히 자신의 것을 가지고 싶어 하는 독점욕, 소유욕
이 나타난다. 사회의 변화에 따른 인간 욕망의 발현으
로 인해 '편'이라는 개념이 나타난 것이다. 편을 나누는
것을 좋아하는 사람도 싫어하는 사람도 있겠지만 이 개
념은 필연적으로 발생할 수밖에 없었다. 나는 이것이 너
무 안타깝다. 왜냐하면 편가르기로 인한 우리가 겪는 피
해가 너무 크기 때문이다. 편가르기가 없었다면 과거에
다치거나 죽었던 사람이 죽지 않았을 수도 있고, 자신
의 자산을 빼앗기는 사람이 나타나지 않았을 수도 있다.

'처음'이라는 것?

————

   책은 과거 사람들의 백신에 대한 인식, 백신 접종과 관련된 많은 인권침해 사례들을 보여준다. 작가는 이러한 부분을 쓰면서 독자들이 어떤 감정을 느끼길 바랐을까? 무슨 생각을 할 것이라 기대했을까? 나는 이를 보고 백신에 대한 고정관념이 깨졌다. 지금의 우리는 특정 바이러스에 대한 백신이 존재한다면 백신 접종을 하는 것이 너무나도 당연하다고 생각한다. 하지만 과거에는 '처음'이라는 불안감이 있었겠다는 생각이 들었다. 백신의 부정적인 면모에 대해 나는 한 번도 생각해 본 적이 없었다. 최초의 백신 접종은 주로 흑인들이 강제로 먼저 실시하였는데 그 이유는 효능의 불확실성 때문이었다. 부작용에 의해 죽을 수도 있는 실험체가 된 것이다. 이를 통해 "백신을 맞는 사람은 모두 행복하지 않을 수도 있겠구나."라는 생각이 들었다. 그동안 당연하게 여겼던 것이 더 이상 당연하지 않을 수 있다.

부의 감각

댄 애리얼리

묻다 읽다 쓰다 ★이유정

- 이 책이 본인의 진로에 어떻게 도움을 주었는가?
- 비합리적, 비이성적인 인간이 합리적으로 살아갈 수 있을까?
- 앵커링 효과를 마케팅에 써먹는다면?
- 상대성의 미끼에 현혹되지 않으려면?
- 금융계조차 카지노를 형님으로 불러야 하는 이유?
- 신용카드 룰렛이 인기 있는 이유?
- 선불, 현불, 후불. 각각의 이점과 단점은 무엇인가?

비합리적, 비이성적 인간이
합리적으로 살아갈 수 있을까?

———

이 책을 읽고자 마음먹은 이유는 작년에 영어 본문에서 다루었던 '프레이밍 효과'와 '확증편향', '밴드왜건 효과', 그리고 수학 시간에 선생님께서 잠시 언급하셨던 '몬티홀 딜레마'에 대해 좀 더 알아보고자 하는 마음 때문이었다. 이들은 행동 경제학의 주요 용어인데, 이는 주류경제학의 반대 개념이다. 주류경제학은 인간이 합리적이라고 바라보는 반면 행동 경제학은 인간이 비합리적이라고 바라본다. 나는 행동 경제학의 관점에 끌린다. 인간은 합리적으로 살아갈 수 없다고 생각하기 때문이다. 이 책에서도 주류 경제학의 한계는 나타난다. 인간은 이성적임을 줄곧 강조했지만, 신혼여행처럼 인생에 몇 없는 특별한 경험에서라면 인간은 이성적 판단을 버리고 비합리적 행동을 한다. 현물이 아니라 선물을 택하기도 하는 것이다. 나는 계속해서 행동 경제학을 비판적인 관점에서 살펴보던 이 책에서 이런 내용이 나오는 것을 보고 역시 인간은 완벽히 합리적일 수 없다는 것을 깨달았다. 그리고 주류 경제학이 갖는 의의는 무엇일까 하는 의문점도 생겼다.

신용카드 룰렛이 인기 있는
이유는 무엇인가?

———

신용카드 룰렛이 인기를 끌고 있다. 어떤 방법이 이에 해당할까? 예를 들어 식사가 끝난 뒤 계산서가 나오면 함께 식사를 했던 사람들이 모두 자기의 신용카드를 내 놓고 이렇게 모인 카드 중 하나를 카운터 직원이 임의 로 뽑아 그 카드로 모든 계산을 한꺼번에 하는 방법을 들 수 있다. 이 방법이 인기 있는 이유는 지불의 고통의 총량을 감소시켜주기 때문이다. 모두가 공평하게 지불 을 할 때는 고통의 총량이 4(4인 기준)가 되고, 한 명이 모두 부담할 때는 2(지불자의 고통이 2배가 됨)가 되며, 신용카드 룰렛은 1밖에 되지 않는다. 왜냐하면 자신의 신용카드가 걸리지 않으면 고통이 없고 걸린 사람은 고 통이 있지만 자신이 식사를 대접한다는 덤으로 얻는 긍 정적 기분 때문에 고통의 양이 감소한다. 이러한 이유 로 신용카드 룰렛이 인기 있는 것이다. 내 생각은 조금 다르다. 처음부터 자신이 오늘 식사를 대접하겠다는 다짐하고 식사에 임하면 되지 않을까? 그러면 자신이 대접하는 식사라고 생각되어 식사 중에도 뿌듯하고 후에 계산 시 자신이 아니라 다른 사람이 계산하거나 더치페이를 해도 자신이 처음 생각한 비용보다 금액이 줄어드니 고통은 당연히 증가하지 않을 것이다. 항상 누군가를 대접하겠다는 마음으로 식사를 하면 어떨까.

정의란 무엇인가

마이클 샌델

묻다 읽다 쓰다 ★김정환

- 정신적 피해를 입은 군인에게도 상이군인 훈장을 부여해야 할까?
- 단순 징병제와 유급 대리인을 허용하는 징병제 그리고 모병제 중 어떤 방법이 더 공정할까?
- 안락사는 허용되어야 할까?
- 진정한 자유란 어떤 상태인가?
- 칸트의 정언명령은 모든 사람을 존중하라고 말한다. 이는 성경의 황금률과 같은 말인가?
- 대리출산은 정의로운가?
- 외주 임신은 정의로운가?

정의로운 선택이란 무엇일까?

─────

  이 책을 읽으며 가장 어려웠던 점은 여러 문제 상황들에서 '가장 정의로운 선택은 무엇일까?'라는 물음에 대해 답하는 것이었다. 대표적인 문제 상황은 다음과 같다. 전차는 선로를 따라 달리고 있는데 그 앞에 세 명의 사람들이 전차가 달려오는지 모른 채 선로를 수리하고 있다. 나는 그것을 보고 있다. 한편 전차가 달리고 있는 선로 위에는 다리가 있는데 거기에 사람 한 명이 서 있다. 다리 위에 있는 사람을 전차가 있는 선로에 밀어 떨어뜨리면 그 사람은 죽게 되지만 그 사람으로 인해 전차가 멈추게 될 것이고 선로를 수리하던 세 명의 사람들을 살릴 수 있다. 나는 이 상황에서 어떻게 행동할 것인가? 본 책에 제시되는 벤담의 공리주의나 칸트의 정언명령 등을 보고 나는 무엇이 가장 정의로운 선택인가 고민했다. 고민 끝에 내린 나의 결론은 벤담의 공리주의였다. 세 사람의 죽음보다 한 사람의 죽음을 선택함으로써 죽음의 총량을 줄이는 것이 나을 것 같다는 결론을 내렸다. 이 책을 읽는 내내 정의로운 선택이란 무엇인가에 대해 생각하게 되었고, 나의 선택은 정의로운가를 고민하게 되었다.

책을 읽기 전과 후의 나는
어떻게 다른가?

———

이 책을 읽기 전에 나는 곤란한 문제 상황들이 닥치면 그냥 피하려고만 했다. 하지만 이 책을 읽은 후에는 문제 상황을 무작정 피하려 하지 않고 그것에 대해 깊게 생각해 보려는 자세를 갖게 되었다. 그리고 여러 위대한 윤리 사상가들의 주장 중 나의 생각과 일치하는 것은 무엇인지 차이가 있는 것은 무엇인지에 대해 깊게 생각하게 되었다. 예를 들어, 나는 벤담의 최대 다수의 최대 이익이라는 공리주의의 원리에 대해서 동의한다. 하지만 소수의 사람들이 받는 피해가 다수의 피해의 양보다 많아지는 것은 반대이다. 그리고 칸트의 인간을 수단으로 대하지 말고 언제나 목적으로 대하라는 주장에도 동의한다. 하지만 선한 동기가 반드시 정의로운 결과를 낳는다고는 생각하지 않는다. 이렇게 나와 저명한 윤리 사상가들의 공통점과 차이점을 비교해 보면서 '정의'라는 것에 대한 생각이 깊어지게 되었다. 이 책을 읽고 나는 사건의 본질까지 깊게 생각하는 능력과 무엇이 가장 정의로운지에 대해 타당한 근거를 들어 설명하는 능력을 갖고 싶다는 생각이 들었다. 문제를 해결할 때 사람이 살아가면서 겪는 상황에 대한 통찰력을 발휘하고 싶기 때문이다. 또 문제를 해결하며 사고와 삶을 확장하고 싶다는 생각이 들었다. 이 책의 저자 마이클 샌델이 이 책을 통해 사람들에게 많은 깨달음을 준 것과 같이 나도 누군가에게 깨달음을 주는 사람이 되고 싶다.

돈으로 살 수 없는 것들

마이클 샌델

묻다 읽다 쓰다 ★김다원

- 자본주의 속에서의 신분제란 존재하는 것인가?
- 인종, 나라, 성별을 따져 같은 양의 일에 다른 급여를 지급하는 것이 타당한가?
- 영국에 도입한 해리스의 인센티브 제도가 세상에 일으킬 수 있는 문제점들은 무엇인가?
- 돈이 사람들로 하여금 건강해질 동기를 부여하고, 나중에 비싼 치료비를 내야 할 필요가 줄어든다면, 왜 부정적으로 바라볼까?
- 앞으로 또 어떤 종류의 업체가 생길 수 있는가?
- 선물을 상품권이나 현금으로 주는 게 타당한가?

- 과연 모든 것을 사고 팔 수 있는 세상이 온다면 누군
  가는 행복할 수 있는가?

자본주의는 과연 정당한가?

———

이 책을 읽기 전에는 자본주의는 노력한 자들이 상류층에 올라가는 정당한 제도라 생각하여 잘못됐다고 생각하지 않았다. 그러나 책을 읽은 후 어떤 것도 해보지 못한 채 어쩔 수 없이 하류층이라는 계급에 속해 있는 사람들의 사례를 보고 자본주의가 모두에게 평등한 제도는 아니라는 생각이 들었다. 우리가 흔히 금수저라 부르는 사람들은 금수저가 되기 위해 다른 사람들보다 더 노력을 하였을까? 물론 그런 경우도 있겠지만 그러한 경우보다는 그저 금수저로 태어났기 때문에 별다른 노력 없이 처음부터 다른 사람들과는 시작점부터 다른 경우가 많을 것이다. 그리고 자신의 부를 세속시키기 위해 법을 교묘히 위반하는 사람들도 물론 있을 것이다. 자본주의는 과연 정당한가 하는 생각이 책을 읽는 내내 머릿속에서 떠나지 않았다.

인종, 나라, 성별에 따라 같은 양의 일에 다른 급여를 지급하는 것이 타당한가?

———

타당하지 않다. 요즘 사회문화 과목을 배우는데 그 과목 속에 '갈등론'이라는 것이 있다. 사회 속에서 일어나는 모든 갈등은 필연적인 것이라는 이론이다. "과연 프리미어리그의 제시 린가드라는 축구선수가 같은 능력이 있음에도 불구하고 가나에서 태어난 흑인 여성으로 바뀐다면, 과연 지금과 같은 대우와 주급을 받으며 살 수 있을까?"라는 물음으로 갈등론을 설명할 수 있다. 내 생각엔 절대 불가능하다. 그는 잉글랜드 국적의 백인 남성이기에 그 정도의 대우를 받았을 것이라 감히 확신해 본다. 이러하듯 우리나라에 고용된 외국인노동자, 프리미어리그에서 뛰고 있는 한 축구선수처럼 같은 능력이 있는데도 불구하고 다른 급여를 지급하는 것에 있어서 당연시 여기고 있다면 고쳐야 한다고 생각한다.

World Report:
세계는 지금

문호철

묻다 읽다 쓰다 ★ 정주현

- 코로나 19, 과연 누구의 잘못인가?

- 트럼프 대통령이 항상 다소 강력하게, 마치 화를 내
  듯이 자신의 주장을 내세우는 이유가 뭘까?

- 한국에서 실시하고 있는 불매운동이 과연 일본에
  영향이 미칠까?

- 진정한 지도자, 혹은 대표자는 무엇을 의미할까?

- 기술 변화에 빠르게 발맞추어 가야 하는가?

- 통일 후, 미래의 한반도는 과연 어떤 모습일까?

- 인공지능, 정말 우리에게 유익한 것일까?

진정한 지도자, 혹은
대표자란 무엇일까?

———

　거의 모든 국가들은 국가 원수의 정치 아래 살아간다. 하지만 이 사람들이 항상 제대로 행동하고 있을까? 아니다. 리더십은 리더가 되기 위한 필요조건이지, 충분조건은 아니다. 서울대 교양학부 백형찬 교수는 리더에게 필요한 자질을 성숙한 판단력, 성실성, 변화에 대한 민감성 그리고 상상력이라 한다. 그렇다면 백 교수의 기준에 따라 누가 진정한 리더인지 알아보자. 베네수엘라의 대통령 마두로는 사람들의 환심을 사기 위해 겉보기에 그럴싸한 정책을 펼치곤 했다. 그러나 과잉 복지 추구로 국고는 바닥나고, 물가는 미친 듯이 상승했다. 아사자는 급등하고 있다. 이런 대통령은 일단 변화에 대한 민감성 항목에서 탈락이다. 마두로 외에도 다양한 나라의 리더들이 이러한 자질을 갖추지 못한 경우가 많다. 나는 진정한 지도자, 대표자는 '중용'을 갖추어야 한다고 생각한다. 자신이 속한 집단(정당 등)에 치우치지 않고 항상 중립을 유지하는, 그리고 독단적 결단이 아닌 충고도 귀 기울여 듣는 그런 사람이 리더가 되어야 한다.

기술 변화에 빠르게 발맞춰야 하는가?

    3차 산업혁명을 넘어 4차 산업혁명 시대로 가고 있다. 과학 기술 발전이 급속도로 이루어지는 만큼 기술이 우리 일상에 미치는 영향을 고려하지 않을 수 없다. 이것을 단적으로 보여주는 예시가 바로 '공유서비스'이다. 대표적인 예로 개인이 택시 기사가 되어 더 저렴하게, 시공간 제약 없이, 장기적으로는 환경까지 보존하게 하는 '우버'가 있다. 우리나라 및 전 세계에서 이 우버와 같은 공유경제 서비스에 택시 기사들의 반발이 컸다. 나는 택시 기사라는 직종에 종사하지 않으니, 그 자세한 실정에 대해서는 모르지만 이용자가 줄어 소득이 감소한 택시 기사들의 근심은 이해가 간다. 하지만 피해사례가 있다고 해서 우리가 과학기술 발전을 하지 않을 수도 없으니 참 딜레마다. 나는 택시 기사 분들께는 죄송하지만, 우리는 공유경제와 같은 기술 발전에 초점을 두어야 한다고 본다. 대신 그분들이 택시 기사 대신, 다른 새로운 직업을 가질 수 있도록 역량 개발에 도움을 주는 것이 정부의 역할이라고 생각한다.

내가 그때
거기 있었다면?

나를 바꾸는 질문과 읽기

삶이라는 직업
박정대

묻다 읽다 쓰다   ★신지수

- 나는 도덕적인가?
- 나는 꿈꾸는 삶을 선택했는가, 삶에 의해 선택되었
  는가?
- 고독과 가장 잘 어울리는 계절은 어떤 계절인가?
- 사랑할 준비가 되었다는 것은 어떤 느낌일까?
- 왜 지나간 일들은 아름답게 추억될까?
- 담배는 왜 고독을 극대화시킬까?
- 왜 시인들은 천사라고 표현되었을까?

나는 도덕적인가?

나는 얼마 전까지만 해도 내가 굉장히 도덕적이며 떳떳한 사람이라고 생각했었다. 그러다 유튜브에서 어떤 강의를 보고 생각이 바뀌게 되었다. 그 강의에서 한 인물을 자신이 지금까지 도덕적으로 살아왔다고 생각했지만, 사실 도덕적인 척을 한 것이고, 그것으로 인해 사람들에게 좋은 사람으로 보였으며, 그것을 가지고 자신이 도덕적이라는 결론을 내린 것뿐이라고 말했다. 그 말을 듣자 머리가 띵했다. 나도 사실 진솔한 동기에서 우러난 도덕적 행동을 한 경험은 그다지 많지 않았다. 그저 사람들 눈에 착해 보이고 싶어서 바른 행동을 하였고 이를 가지고 나 자신이 도덕적이라고 착각했던 것뿐이었다. 나는 아직 어떤 것이 진정한 도덕이고, 어떤 사람이 도덕적인 사람인지 제대로 모른다. 그러나 '혼자만의 도덕적 행동'을 하며 스스로가 도덕적 인간이라고 착각하지 않기 위해 노력할 것이다. 남들에게 어떻게 보이는 지에 대한 것보다 어떤 사람이 진정으로 도덕적인 인간이며, 어떤 행동이 도덕적으로 옳은지를 생각하며 살아가고 싶다.

왜 지나간 일들은 아름답게 추억될까?

과거를 떠올려 보면 꼭 좋았던 일들만 떠오르지는 않는다. 나쁜 일들이 끼어 있곤 했었다. 하지만 지금 돌아보니 당시에는 스트레스 받았던 일이 미화되어 즐겁게 느껴지거나, 그냥 스쳐간 추억 같다. 어렸을 때 가족들과 갔던 수족관에서 나는 지루함을 느꼈고, 오빠와도 계속 투닥거려 결국 엄마한테 혼나기도 했었다. 그렇지만 지금 그 기억을 떠올리면 신기한 해저터널과 귀여운 돌고래를 구경하고, 오빠 손을 꼭 잡고 아이스크림을 나누어 먹었던 아주 괜찮은 날이었다. 아마 그 당시에는 힘들고 짜증났던 것들이 더 큰 자극으로 내 머릿속에 들어왔기 때문에 부정적인 기억으로 인식되었을 것이다. 그러나 시간이 지나면서 나쁜 기억은 금방 날아가 버리고 좋은 기억들이 오래 남아 내 머릿속에 맴돈다. 지나간 일들은 아름답게 추억되는 것 같다. 안 좋은 생각들보다 좋은 기억들을 오래오래 남겨두고 싶어 하는 내 마음이 담겨서 그런 것일 수도 있겠다는 생각도 들었다.

일의 기쁨과 슬픔
장류진

묻다 읽다 쓰다 ★ 신승아

- 청첩장 문화가 가지는 진정한 의미는 무엇일까?
- 결혼을 하지 않거나, 결혼은 했지만 아이를 가지지 않는 사람들이 늘어나는 이유는 무엇인가?
- 인생을 꼭 효율적으로 살아야 하는가?
- 몇 년 후, 사회생활(회사 생활)을 하고 있는 나는 어떤 모습일까?
- 보장되지 않는 여성들의 일자리를 위해 어떻게 해야 할까?
- 성매매와 여성 신체의 상품화 문제를 해결할 수 있는 방법은 무엇이 있을까?

꼭 효율적으로 살아야 할까?

————

　정보화 사회가 시작되고, 사람들은 전보다 더 효율적이고 체계적이고 합리적인 것을 중요시하는 삶을 살아가고 있다. 나 역시도 이런 정보화 사회의 시스템에 발 빠르게 맞춰가기 위해 노력하는 사람으로서 답답하고 비효율적이고 비합리적인 생각을 하는 사람들을 보며 인상을 찌푸리고 비판하기도 했다. 하지만 이 책을 읽고 나서 나의 생각이 바뀌었다. 특히 「다소 낮음」을 읽고 현실적인 가치보다는 자신의 가치를 더 취하는 장우의 모습을 보고 지금의 사회의 모습을 다시 생각해 보게 되었다. 자신이 정말 하고 싶은 일을 자신만의 느낌대로 하고자 하는 사람들에겐 이성적이고 합리적인 사회가 무조건 옳은 것은 아니다. 조회수, 좋아요, 음원의 재생횟수와 같은 수치에 의해 예술이 판단되는 현실을 비판적으로 바라보게 되었다. 조금은 비합리적이더라도 자신의 정체성을 담은 길을 가고 싶어 하는 사람들이 멋있다. 그들을 응원한다. 그들을 돕는 사회적 분위기가 필요하다. 그들처럼 살고 싶다.

몇 년 후, 사회생활을 하고 있는
나는 어떤 모습일까?
———

책의 내용이 너무 현실적이어서 인상을 찌푸리게 된 적이 몇 번 있었다. 차별과 무시로 둘러싸인 여자로서의 회사 생활, 남편의 죽음으로 혼자가 된 여자에 대한 사람들의 삐뚤어진 시선, 자신이 하고 싶은 일을 하며 살기엔 너무 빠듯한 여성의 경제력, 보장되지 않는 여성들의 일자리 등 아직 사회생활을 해보지 않은 나로서는 이해하기 힘들고 실망스러운 부분이 많았다. 하지만 충격적인 그 상황들이 사실은 꾸밈없는 진정한 '현실'이지 않을까 라는 생각이 들었다. 한편은 지금은 이해할 수 없다며 화를 냈던 그 상황을 미래에 나도 똑같이 겪으며 '원래 그렇지 뭐' 하면서 순응할 것 같아 조금 두려운 마음도 들었다. 이런 사회에 순응하지 않고 도전하는 내가 되고 싶다. 이런 사회가 잘못 되었다는 것을 깨닫고, 모두가 함께 더 좋은 사회를 만들어 나가면 좋겠다.

1984
조지 오웰

묻다 읽다 쓰다 ★김민정

- 미디어에서 나오는 뉴스들 모두 신뢰할 수 있을까?
- 코로나19 확진자의 동선이 공개된다. 국민의 안전이라
  는 명목으로 확진자의 인권을 침해하는 것이 아닐까?
- 촉법소년 범죄가 잦아지는 요즘, 미디어와 정부의 책
  임은 없을까?
- 급격하게 발전하고 있는 과학기술을 제한해야 할까?
- 우리 사회는 점점 서로에게 소홀해지는 개인주의가
  되어가고 있다. 이대로 괜찮은 것일까?
- 나라를 위해, 미래 세대를 위해 희생하신 분들을 위해
  우리는 무엇을 해야 할까?

- 어려서부터 공장으로 팔려가 햇빛도 못 보고 열악
  한 환경에서 일만 하는 아이들을 위해 우리는 무엇
  을 해야 할까?

가짜 뉴스는 왜 널리 퍼지는 걸까?

소설 〈1984〉는 '빅브라더'라는 가상의 인물을 내세워 시민들에게 예언을 하고, 당원들은 그 예언이 맞아떨어지도록 예언의 내용을 몇 번이나 수정하고 삭제한다. 책 속에서 전쟁 상황과 앞으로의 발전 등 현실과 맞지 않는 꾸며낸 말을 하는 정부와 그 말을 모두 믿는 시민들을 보니 코로나19에 대한 가짜 뉴스의 피해 사례가 떠올랐다. 각종 미디어에서 확진자가 다녀가지도 않은 가게의 상호를 언급하여 그 가게가 피해를 입은 경우가 상당히 많았다. 이 피해가 커진 이유는 미디어의 특성과 관련이 있다. 첫째, 미디어는 전문가가 아니더라도 누구나 글과 영상을 게시할 수 있기 때문에 잘못된 정보가 만들어질 수 있다. 둘째, 미디어는 많은 사람들이 아주 쉬운 방법으로 접근할 수 있기 때문에 정보의 전파력이 상당하다. 잘못된 정보가 빠른 속도로 퍼지게 된 것이다. 이런 부분에서 다수에게 정보를 전달할 때는 신속하게 전달하는 것도 중요하지만 더 정확하

고 확실한 정보를 전달해야 한다는 것을 알았다. 그리고 미디어를 사용하는 개인들도 미디어의 내용을 무조건적으로 수용하지 말고 비판적으로 수용해야 한다는 생각을 하게 되었다.

청소년 범죄가 잦아지는 요즘, 미디어와 정부의 책임은 없을까?

———

청소년의 범죄가 점점 심해지고 잦아지고 있다. 영악해져 가는 청소년들의 범죄와 변명에 국민들은 분노하여 '소년법 폐지'를 주장하기도 한다. 나 역시도 잘못한 사람은 벌을 받는 것이 마땅하다고 생각하지만, 청소년 범죄에 있어서는 고려해야 할 사항이 더 있다고 생각한다. 정말 청소년 범죄가 그들만의 잘못일까? 꼭 그렇지만은 않다. 책 〈1984〉에서 정부는 폭력적인 방법으로 아이들이 당에 맹목적 충성을 하도록 주입한다. 이런 주입식 교육을 받은 아이들은 부모님을 사상경찰에 고발하기도 하고 끔찍한 교수형을 재미난 볼거리로 여기기도 한다. 아이들의 그릇된 사상의 원인을 생각해 보면 청소년 범죄는 잘못된 정부의 교육제도에 책임을 물을 수 있다. 또 다른 책임 소재는 미디어에서 찾을 수 있다. 페이스북, 인스타그램, 유튜브 등의 미디어는 대한민국의 10대 청소년이라면 대부분이 하나쯤 사용하고 있다.

이렇게 청소년들이 미디어에 쉽게 접근할 수 있음에도 불구하고 각종 미디어에는 자극적이고 폭력적인 글, 영상들이 올라오는 것이 현실이다. 따라서 청소년 범죄는 미디어의 책임도 있다고 생각한다. 정부와 미디어는 청소년들이 바람직한 가치관을 가지고 살아갈 수 있도록 힘써야 할 것이다.

급격하게 발전하고 있는
과학기술을 제한해야 할까?

———

　계속해서 발전하고 있는 과학기술로 우리는 더 편안한 삶을 누리고 있다. 그러나 윤리적 제도가 과학의 급격한 성장 속도를 따라가지 못해서 '윤리적 공백' 상황이 나타나게 된다. 책 〈1984〉에서는 정부가 모든 시민들이 당에 복종하도록 사람의 미세한 근육의 움직임이나 표정, 심박수 등으로 심리를 꿰뚫는 연구를 하고, 자백을 받기 위해 고문을 하는 등 끔찍한 짓을 한다. 이는 연구 윤리에도 부합하지 않는 절대 일어나서는 안 될 연구이다. 과학기술은 법과 제도의 범위 안에서 제한되어야 한다. 과학자들은 자신의 연구결과에 대한 내적 책임과 그 연구결과가 사회에 미칠 영향을 고려하는 외적 책임 또한 함께 지녀야 한다. 과학기술과 윤리는 절대 따로 생각할 수 없는 문제이다.

죽은 시인의 사회
N.H.클라인바움

묻다 읽다 쓰다 ★ 김세련

- 자신의 꿈이 먼저일까? 명문대 진학이 먼저일까?
- 한 번뿐인 인생을 원치 않는 일에 허비해도 되나?
- 존 키팅 선생님의 교육방식은 어떤 교훈을 주고 있
  는가?
- 주체적인 인간이 되려면 어떤 노력이 필요한가?
- 도트의 자존감에 미친 영향은 무엇일까?
- 페리 씨는 아들의 삶을 자신이 주도했어야 했을까?
- 닐의 죽음에 대해 대처하는 월튼 아카데미와 같은 신
  뢰를 잃은 학교에 다니는 것이 가능한가?

꿈이 먼저일까?
명문대 진학이 먼저일까?

———

    학생들은 두 가지 목표를 위해 공부를 한다. 첫째는 자신의 꿈을 이루기 위해 둘째는 좋은 명문대 진학을 위해서이다. 월튼 아카데미의 학생들은 좋은 명문대 진학을 위해 엄격한 교칙 아래에서 공부한다. 닐 역시 대다수의 학생들과 같이 우수한 성적과 착실한 태도를 보였다. 그러나 닐은 자신의 꿈을 실현할 수 없었다. 닐에게도 꿈을 이룰 기회는 왔었지만 엄한 아버지의 말씀에 꿈을 위한 닐의 시도는 한 번으로 끝이 났다. 닐은 명문대 진학만을 고집하는 아버지와의 갈등 끝에 결국 죽음을 택하게 된다. 아무리 좋은 대학을 가더라도 자기 자신이 불행하다고 느끼면 결코 좋은 선택이 아니라는 생각이 들었다. 사람은 자신이 하고 싶은 일을 할 때 가장 행복하다. 한 번 밖에 없는 짧은 인생, 그 소중한 시간을 내가 원치 않는 일에 허비하지 않았으면 좋겠다. 남들이 원하는 목표 말고 내가 원하는 꿈, 나의 행복을 위해 노력하며 살아가고 싶다.

존 키팅 선생님의 교육방식은
어떤 의미가 있을까?

———

월튼 아카데미의 교육 방식은 명문대 진학을 목표로 삼기에 학생들이 주체적인 삶을 살아가기보단 학교 안에서 요구하는 대로 수동적인 삶을 살아간다. 존 키팅 선생님은 그런 학생들에게 "나는 아이비리그 진학보다 참된 교육의 중요성을 진지하게 고민하는 사람이다."라는 참된 교육자의 말을 한다. 이를 통해 학생들은 좋은 대학 진학이 아닌 주체적인 삶이라는 목표를 설정하게 된다. 내가 스스로 생각하고 판단하고 그에 따라 자신 있게 행동하고 말하는 것이 가장 나다운 나를 만든다. 수동적인 삶을 사는 것이 아닌 주체적인 인간으로 승리해야 한다는 존 키팅 선생님의 교훈이 내 마음에 크게 와닿았다. 나도 주체적인 삶을 살며 나다운 나로 성장해나가야겠다고 생각했다. 모든 학생들이 존 키팅 선생님의 가르침처럼 따른 주체적인 삶을 살기를 소망한다.

소년이 온다
한강

묻다 읽다 쓰다 ★이승민

- 추도식에서는 왜 관을 태극기로 묶고, 애국가를 부르는가?
- '당신'은 왜 증언 녹취를 며칠간 주저했는가?
- 총을 가진 아이들은 왜 군인들을 쏘지 못했는가?
- 왜 제목이 '소년이 온다'인가?
- 은숙이 뺨 일곱 대를 하루에 한 대씩 잊으려 한 이유
  는 무엇일까?
- 다음날 새벽까지 어쩌면 배울 수 있다고 생각한 이
  유는 무엇일까?
- 그 한 시간의 침묵이 사람들에게는 어떻게 받아들
  여졌을까?

내가 그때 광주에 있었다면?

―――

　이 책을 읽기 전 내게 '광주 민주화 운동'은 그저 한국사 시간에 잠깐 배우는 많은 사건 중 하나였다. 그러나 '소년이 온다'를 읽고 "광주 민주화 운동은 단지 교과서 몇 줄로 설명될 수 없다."라는 생각이 들었다. 동호, 선주, 성희 등 수많은 그 날의 광주 사람들이 지금의 대한민국을 존재하게 했다. 광주는 5, 6월이 제사 철이라는 이야기가 있다. 처음에 그 이야기를 들었을 때는 대수롭지 않게 생각했지만 책을 다 읽은 지금은 그 말이 참 슬프고 아프게 들린다. 우리나라를 지키기 위해 기꺼이 목숨을 바친 그 숭고한 죽음들을 우리는 기억해야만 한다. "역사를 잊은 인류에게 미래는 없다."라는 말이 생각난다. 이 말을 실천한 광주의 많은 사람들에게 존경심과 경외감이 들었다. 만약 내가 그때 광주에 있었다면 나는 거리로 나갈 수 있었을까?

총을 가졌던 아이들은
왜 군인을 쏘지 못했을까?

———

그날 밤 시청의 아이들은 결코 방아쇠를 당기지 못했다. 아이들은 자신을 겨눈 총을 쏘아야 했다. 그들을 죽여야지만 자신들이 살 수 있는 것을 알았다. 하지만 그러지 못했다. 그 아이들은 이미 '총'이라는 존재에 압도된 것은 아니었을까? 꽤 오랫동안 이웃집 언니, 오빠가 총에 맞아 병들고 죽는 모습을 보며 총에 대한 두려움과 거부감을 느꼈을 것이다. 또한 그 아이들은 총을 사용하여 사람들을 죽이는 군인들과 같은 사람이 되고 싶지 않았던 것 같다. 아이들, 그들의 작은 양심이 독재 정부를 항복하게 했다. 나라를 지키기 위해 나라의 군인과 싸우는 그 절망적인 상황에서도 결국 아이들은 해냈다. 자신들을 방어하지 못했던 그 아이들은 차마 자신들을 살리지 못했다. 그리고 평생을 죽음과 살았다.

은숙은 왜 증언 녹취를 망설였을까?
어떻게 녹취를 마쳤을까?

———

그날 광주에 대한 증언을 요청받은 은숙은 녹음기와 테이프가 든 소포를 구석에 밀어두며 며칠간 고민했다. 아마도 그녀는 그때의 광주를 다시는 떠올리기 싫었던 게 아니었을까? 오랫동안 그때의 기억을 구석진 곳에 숨기고 살아왔는데 다시 꺼내려 하니 고통스러워 녹취를 며칠간 망설였던 것 같다. 그럼에도 불구하고 1980년 그때 거리로 나갔던 것처럼 그녀는 용감하게 행동했다. 기억을 다시 꺼내는 그 고통을 극복한 뒤 테이프를 들었고 천천히 입을 뗐다. 그녀는 아마 엄청난 사명감, 책임감, 용기를 가지고 있었을 것이다. 또다시 이런 일이 일어나지 않도록 하기 위해 그때의 기록을 남기겠다는 일념 하나로. 고통을 이겨내고 녹취를 해준 많은 '은숙'의 희생 덕분에 우리가 지금 이 책을 읽을 수 있는 것 아닐까.

작별
한강

묻다 읽다 쓰다 ★석채현

- 주인공은 어떤 이유로 눈사람이 되었을까?
- 주인공의 집 주변에서 매일 들리는 소름끼치는 소리가 정말 수도관 소리일까?
- 주인공의 딸은 어디로 갔을까?
- 왜 영선이는 자연스럽게 '기어코 하는 사람'이라는 인희에 대한 평가를 험담이라고 생각했을까?
- 작가는 왜 같은 내용을 반복해서 썼을까?
- 아이를 찾았느냐고 묻던 목소리는 누구의 것일까?
- 대진이의 정체는 무엇인가?
- 주인공은 왜 자신이 무엇을 돌아보는지 모름에도 불구하고 사력을 다해 돌아봤을까?

주인공은 왜 눈사람이 되었을까?

———

　이 책에서 주인공은 벤치에서 잠깐 자고 일어났을 뿐인데 눈사람이 되어 있었다. 평소 주인공은 매일 반복되는 일상에 지쳐 자신이 인간이 아닌 사물이라고 생각했다. 자신이 '몸'에 더 이상 속해 있지 않다고 생각하며 매일을 버텨 냈다. 이렇게 살던 주인공이 갑자기 왜 눈사람이 되었을까? 그 이유가 책에 나와 있지는 않다. 나는 이렇게 추론해 보았다. 신과 같은 존재가 주인공에게 인생을 되돌아볼 계기를 주기 위해 주인공을 눈사람으로 만들어 버린 것은 아닐까. 혹은 주인공이 자신의 인생을 돌아보는 꿈의 내용이거나, 아니면 자신이 사물이라고 매일 생각하다 보니 진짜 사물(눈사람)이 되어버린 것은 아닐까. 그것도 아니면 자신의 착각일 수도 있을 것이다. 그렇지만 자신이 눈사람이 되어 녹고 부서져 사라지기 직전인데도 후회하거나 슬퍼하지 않고 다른 사람들을 안심시키기 위해 노력하는 것을 보니 주인공이 죽게 되는 결말은 아닐 것이라는 생각이 들었다. 마음이 놓였다.

작가는 왜 같은 내용을
반복해서 썼을까?

———

 이 책에 수록된 이야기들 중 하나인 〈소돔의 하룻밤〉에서는 같은 내용의 구절이 약간 변형되어 세 번 반복된다. 처음에는 "저녁 무렵 두 명의 나그네가 소돔에 이르렀다."와 같이 객관적인 사실이 서술되어 있다. 동일 인물의 생각이 드러나는 글인데 왜 굳이 여러 번 반복하여 쓴 것일까? 아마 같은 상황에 대한 여러 시각을 보여주려고 한 것 같다. 똑같은 상황이지만 어떨 때는 집 주인에 대한 생각, 어떨 때는 주민들에 대한 생각을 보여줌으로써 독자들이 다양한 관점에서 생각할 수 있는 기회를 마련해 준 것 같다. 책을 읽으며 잠시 멈추고 여러 인물의 입장에서 사건을 자주 살폈다. 이로 인해 세부적인 내용에 대한 이해가 깊어졌다. 하지만 내용이 반복되어 지루함을 느끼기도 하고 앞에 나온 서술과 뒤에 나온 서술의 차이를 몰라 가끔 혼란스럽고 헷갈리기도 했다. 더 자세히 알아 보고 싶다. 더 여러 번 읽어봐야 겠다.

페인트
이희영

묻다 읽다 쓰다 ★ 황현정

- 고아원과 NC센터의 차이가 무엇이며 NC시스템을 현대 사회에 도입한다면?
- 두 번의 파양을 거친 아이는 왜 다시 입양을 택한 것일까, 나라면 그럴 수 있을까?
- 왜 NC출신의 꼬리표가 남으면 사회에서 차별을 받는 걸까?
- 제목을 페인트로 정한 것은 작가님의 유년시절과 관련이 있는 걸까?
- 제누301은 자라서 하나와 해오름을 찾아갔을까?
- 이 책은 부모의 입장에서 쓴 것일까, 자녀의 입장에서 쓴 것일까?

NC시스템을 현대사회에 도입한다면?

———

처음 이 소설을 접했을 때, 아이가 부모를 직접 선택한다는 것에 신선함을 느꼈다. 뿐만 아니라 정부의 체계적인 관리와 이들을 돕는 가디언이 있다는 것도 말이다. 하지만 조금만 다르게 생각해 보면 현재의 우리 사회 모습도 이와 비슷하다는 생각이 들었다. 부모가 낳은 아이를 키우는 것을 원치 않을 때 정부에서 키운다는 것은 현재의 '고아원'과도 비슷하다는 생각이 들었다. NC 출신의 아이는 ID카드에 꼬리표가 남는다. 우리 사회에서도 고아원 출신인 아이는 보이지 않는 꼬리표를 지니고 있지는 않을까. 소설은 현실과 분명히 차이점이 존재하지만 NC가 마냥 멀게만은 느껴지지 않았다. 또한 계속해서 발생하는 아동학대와 최근 발생한 당근마켓 입양, 정인이 사건과 같은 끔찍한 일들을 방지하기 위해서라도 어쩌면 국가가 나서서 기관의 아이들을 도와야겠다 하는 생각이 들었다. 국가가 아이들을 돕는 것에 대해 조금 긍정적으로 생각하게 되었다.

부모를 위해서일까?
자녀를 위해서일까?

———

페인트. 부모 면접을 칭하는 은어이자 이 소설의 제목. 책의 뒷면에 실린 "좋은 부모란에서 나아가 좋은 관계란 무엇인지 생각하게 되었다."라는 청소년심사단의 심사평을 보았다. 책을 읽고 난 직후 이 말이 아주 공감이 되었다. 부모가 아닌 아이가 직접 면접을 하여 자신의 부모가 될 이들을 선택하는 과정을 통해 '부모'의 정의에 대해 다시 생각해 볼 수 있었으니 말이다. 하지만 '이 책이 내포하는 것이 이것 만일까?'라는 생각이 들어서 더 생각을 해보았다. 면접 때 하나가 제누301에게 들려준 자신의 어릴 적 이야기를 통해 자신뿐만이 아니라 엄마 또한 자신으로부터 독립이 필요하다는 것을 알게 되었다. 입양 거부 직후 제누301이 박에게 왜 부모에게만 자격과 자질을 요구하냐며 물은 질문이 머릿속에 맴돌았다. 그래서 '좋은 부모'뿐만이 아니라 '좋은 자녀'가 되기 위한 조건에 대해서도 생각해 보게 되었다. 나는 좋은 자녀에 속할 수 있을까?, 나는 부모님께 그저 무언가를 바라기만 한 것은 아닐까? 여러 생각이 들었다. 사회를 살펴보는 책, 부모와 자녀를 되돌아보게 하는 책. 그래서 이 책이 많은 연령층에 사랑받는 것이라는 생각이 들었다.

미스 함무라비
문유석

묻다 읽다 쓰다 ★ 이선아

- 우리 사회에서 '정의'란 무엇이고 왜 꼭 필요한 것이라고 여기는 걸까?

- 작가는 이 책에서 이야기를 진행하는데 왜 '박차오름'과 '임바른', '한세상'이라는 인물을 필요로 했을까?

- '수석부장'이라는 인물은 우리 사회의 어떤 사람들을 의미하고 그 사람들이 필요한 이유는 무엇일까?

- 재판부는 왜 이혼 유책 배우자인 아내에게 아이들의 양육권을 인정했을까?

- 법조인의 양심과 도덕적 윤리라는 덕목이 어느 때보다 중요시되는 이유는 무엇일까?

- 직장 내 성추행, 처벌이 왜 미흡하고 이를 보완하기 위한 방법은 무엇일까?
- 우리 사회에 '박차오름' 같은 사람들이 많아져야 하는 이유는 무엇일까?

재판부는 왜 이혼 유책사유자인 아내에게
아이들의 양육권을 인정했을까?

———

아이들의 엄마와 아빠는 이혼을 하게 되고 양육권은 엄마에게 인정이 되었다. 아이들의 양육권을 위해 아빠가 항소를 하고 아빠는 아이들과 함께 자신이 꿈꿔왔던 귀농생활을 하며 양육을 할 것이라고 했다. 한세상 부장판사는 딸들의 꿈을 아빠에게 물어보고 알려주는데 딸들이 원하는 것을 이루기 위해서는 엄마가 양육하는 것이 나을 것이라는 결정을 내렸다. 나는 이 이야기의 결론이 마음에 들지 않았다. 바람을 피워 이혼의 유책사유를 가진 엄마에게 양육권을 주고 양육비를 벌기 위해 열심히 일을 한 아빠는 양육권을 가지지 못했기 때문이다. 또, 아이들을 양육하기 위해서 자신의 직업을 바꾸며 귀농을 할 것이라고 하는 아빠의 양육 의지가 너무나도 커서 안타까웠다. 판사는 왜 그런 결정을 내렸을까? 아마 다음과 같은 장면들 때문이 아닐까? 한세상 부장판사가 집에 가서 자신의 딸들을 보며 어린 딸들을 그리워하는 모습, 아이들의 어릴 때는 영원하지 않다는 이야기, 시간을 두고 천천히 지치고 상처받은 당신부터 돌보라는 조언을 하는 모습 등이 떠올랐다. 한세상 판사가 두 딸을 키우는 아빠로서 느끼는 아이들을 사랑하는 마음이 잘 드러난 것 같았다. 그래서 판사는 판정의 기준을 '가족', '사랑', '사람'에 둔 것이 아닐까. 한세상 판사가 가족을 사랑하는 사람들 중 한 '사람'으로서 판결을 내리는 것을 보고 판사라는 인물의 인간적인 면을 본 것 같았다.

우리 사회에 '박차오름' 같은 사람들이 많아져야 하는 이유는 무엇일까?

――――

박차오름은 내성적인 사람이었다. 하지만 어른으로 성장해 나갈수록 정의로운 세상을 만들기 위해 고군분투하는 인물이다. 물론 박차오름이라는 인물이 다른 사람들의 일을 자신의 일처럼 나서서 해결한다는 성격을 가지고 있어서 사람들의 관점마다 박차오름을 바라보는 의견이 갈린다. 어떤 이는 박차오름을 정의로운 사람이라고 평가하고 '미스 함무라비'라고 부르지만 어떤 이는 다른 사람들의 일에 사사건건 간섭하고 오지랖을 부리는 사람이라고 평가한다. 나는 우리 사회에 박차오름 같은 사람들이 많아져야 한다고 생각한다. 처음에 나도 박차오름의 오지랖이 다른 사람을 불편하게 할 수도 있다고 생각했다. 하지만 책을 다 읽고 나니 앞부분에서 박차오름이 한 말이 떠올랐다. "권리 위에 잠자는 시민이 되지 말라고요!" 박차오름의 말대로 우리 사회에는 권리 위에 잠자는 시민들이 많은 것 같다. 나는

'권리 위에 잠자는 시민들'은 '피해를 보면서도 자신의 권리를 당당하게 말하지 못하는 사람, 두려움을 느끼고 그대로 피해를 감수하는 사람들'을 뜻한다고 생각한다. 우리 사회에는 피해를 입고 보복과 창피함, 억울함을 느끼면서도 권리를 주장하지 못하는 사람들이 많다. 그들이 스스로 자신의 피해를 밝히고 권리를 주장할 수 있어야 한다. 사회도 그들이 권리를 챙길 수 있도록 도와주어야 한다. 최근 국민청원과 SNS 등으로 다른 사람들의 피해에 공감하고 같이 발전을 도모하는 운동들이 늘어나고 있다. 국민청원과 SNS는 다양한 사람들이 참여하여 힘이 세지고 문제의 해결 또는 해결방안을 만드는 데 이바지한다. 보면 우리나라, 세계에는 많은 박차오름들이 이미 존재하고 있고 앞으로 더 생겨나지 않을까.

산다는 게
대체 뭔데?

나를 표현하는 질문과 읽기

십대답게 살아라

문지현

묻다 읽다 쓰다 ★ 황민아

- 우리는 언제 비로소 어른이 되었다고 말할 수 있을까?
- 좋아하는 공부만 해도 성공할 수 있을까? 성공의 정의는 뭘까?
- '10대답게' 산다는 게 대체 어떤 걸까?
- 꿈은 어떻게 찾는 걸까, 꿈을 모르겠다면 어떡하지?
- 꼭 공부를 열심히 하고, 잘 해야 할까?
- 우리의 반항심, 그리고 분노를 어떻게 하면 건강하게 표출할 수 있을까?
- 좌절했을 때, 다시 일어서기 위해 어떤 마음가짐과 동기가 필요할까?

우리는 언제 비로소 어른이 되었다고 말할 수 있을까?

————

나이만 보았을 때 19살은 성인이 되기까지 반년도 남지 않았다. 이제 우리는 반년 즈음 뒤 성인이 된다. 그런데 '법적 성인=어른'이라고 볼 수 있을까? 나이가 어린데도 무척 성숙해서 어른처럼 보이는 아이도 있는 반면, 덩치만 컸지 하는 행동과 생각이 아이 같은 성인도 있다. 나는 후자의 경우, 완전한 어른이 되지 않았다고 본다. 주변만 봐도, 나이만 먹었지 다들 자기밖에 모르는 이기적인 사람들이 가득하니까. 물론 멋지고 빛나는 어른들도 많다. 그렇다면 어른이 되는 건 어떤 걸까? 단순히 나이를 먹고, 직업을 얻고, 가정을 꾸리기만 한다고 어른이 된 것은 아닐 것이다. 무언가 정신적으로 성숙하고, 더 자유롭고, 당당하게 살아간다면 나는 그것이 훌륭한 어른이라고 생각한다. 내가 바라는 이상적인 어른이 되기까지는 나는 아직 갈 길이 멀지만, 내 꿈을 찾

고, 그것을 좇다 보면 언젠가 분명 다른 사람이 보기에
도, 그리고 내가 보기에도 멋진 어른이 되어 있지 않을
까. 권력을 쥐기보다는 세상의 인정과 호감을 얻고 싶다.
그러기 위해서는 지금부터라도 멋진 어른이 되기 위해
열심히 나를 가꿔야지. 아름다운 길을 향해 달려야지!

꿈은 어떻게 찾는 걸까,
꿈을 모르겠다면 어떡하지?

———

나는 아직 이렇다 할 꿈이 없다. 많은 친구들은 꿈을 이루는 것을 단순히 원하는 직업을 가지는 것이라고 생각하지만, 나는 그렇게 생각하지 않는다. 종종 친구들에게 "넌 꿈이 뭐야?" 하고 물으면, 대부분 자신이 미래에 가지고 싶은 직업을 말한다. "아니, 그건 진로 희망이잖아"라고 내가 말한 적도 몇 번인가 있다. 아무튼 그래서 나의 꿈은 무엇일까? 사실 스스로도 '꿈'이란 게 정확히 무엇인지 잘 모르겠다. 한창 중2병에서 헤어 나오지 못하고 있을 때에는 '꿈을 꾸는 것이 꿈'이라고 떠들고 다니기도 했다. 결국 꿈은 어떻게 찾는 것일까? 지금 내가 생각하는 '꿈'은 그저 하고 싶은 것들을 전부 이루는 것이다. 사소한 것부터, 아주 터무니없는 것까지. 꿈은 크게 가지라고들 하잖아? 언제까지고 꿈꾸는 사람으로 있는 것도 내 꿈 중 하나다. 나에게서 몽상을 빼면 아무것도 남지 않을 테니까!

간호사가 말하는 간호사
권혜림

묻다 읽다 쓰다 ★김서진

- 왜 환자나 보호자들은 간호사에게 '간호사'라고 하지 않고, '아가씨, 어이' 라는 호칭을 사용할까?
- 응급실에서 일하는 간호사는 꼭 체질에 맞아야 할까?
- 왜 정신병원에 대한 편견을 가질까?
- 정신과의 어떤 특성 때문에 소아·청소년 병동의 간호조무사는 모두 남자일까?
- 사람들은 왜 노인병원의 분위기가 침울하다고 생각할까?
- 내가 실제로 남자간호사를 만나면 편견을 가지지 않고 볼 수 있을까?
- 수술실에서 간호사는 왜 필요한 것일까?

왜 환자나 보호자들은 간호사에게 '아가씨, 어이'라는 호칭을 사용할까?

———

학교에서는 교사를 선생님이라 부르고, 병원에서는 의사를 의사 선생님이라 부른다. 그런데 사람들은 왜 간호사를 선생님으로 부르지 않고 '아가씨, 어이, 간호원' 등의 호칭으로 부를까? 간호원에서 간호사로 호칭이 바뀌면서 간호사의 위상이 한 단계 높아졌다곤 하지만, 아직도 사람들은 간호사를 하나의 독립적인 전문직이라 생각하지 않고, 단지 의사의 진료를 도와 주는 보조적인 사람이라고 생각한다. 그래서 간호사가 자신보다 낮은 위치에 있다고 생각하는 것이 호칭을 제대로 부르지 않는 이유인 것 같다. 미래에 내가 간호사가 되어, '아가씨, 어이'라고 불린다고 상상하니 벌써부터 기분이 좋지 않다. 그렇다고 직접 나서서 간호사라고 불러달라고 요구하기에는 간호사라는 직업 자체가 봉사적인 느낌이라, 환자들에게 서비스를 제공하는 입장에서 스스로 너무 대우받길 원하는 것 같은 느낌이 들어 조금 난처하다.

그래도 병원에서 환자를 ○○님이라고 부르는 것처럼 이왕 부르는 거 서로 기분 좋은 말로 불러 주면 좋겠다.

응급실 간호사는 꼭 체질에 맞아야 할까?

——

   따뜻한 인정, 배려, 정직함. 간호사에게 특별히 요구되는 품성은 많이 듣거나 생각해 왔지만, 응급실에서 일하는 간호사에게 요구되는 체질은 한 번도 생각해 보지 않았다. 역동적인 응급실의 특성상, 이런 역동적인 환경을 좋아하거나, 죽음과 가까이 있는 사람을 보는 삶에 대한 애착, 그리고 담대한 성격과 같은 체질이 있으면 응급실에서 일하기에 비교적 수월할 수도 있다. 하지만 그러한 특성을 모두 가지지 않더라도 나처럼 나에게 어떤 일이 주어졌을 때, 그게 무엇이더라도 부딪히고, 도전하고, 끝까지 놓지 않는 성격을 가진 사람들 또한 응급실 환경에 잘 적응하여 일할 수 있다고 생각한다. 나는 누군가를 치료하고 돌보는 입장에서 수동적으로 가만히 앉아 있는 것보다, 내가 할 수 있는 것, 내가 가진 것들을 모두 활용해 누군가를 돕고 싶다. 이 책을 읽으면서 '내가 응급실에서 일해 보면 어떨까?'라는 상상을

해보았고, 비록 일이 고되긴 하겠지만 나에게 잘 맞을
것 같다고 생각했다. 어떤 일이든 힘들지 않은 일은 없기
때문이고 간호사라는 직업은 참 매력적이기 때문이다.

디자이너란 무엇인가
노먼 포터

묻다 읽다 쓰다 ★정유리

- 모든 인간은 디자이너인가?
- 좋은 디자인이란 무엇인가?
- 디자인은 답이 정해져 있는가?
- 디자이너는 재능이 있어야만 할 수 있는가?
- 디자이너의 삶은 어떨까?
- 유명한 디자인들은 왜 유명해졌을까?
- 디자이너의 최종 목표는 무엇일까?

디자이너는 재능이 있어야만 할 수 있는가?

————

책에서 등장하는 디자이너는 갖춰야 할 능력과 자질이 아주 많았다. 그래서 '디자이너는 반드시 타고난 재능이 있어야 하나?'라는 생각이 들었다. 원래는 디자이너에게 천재적인 재능이 있어야 한다고 생각했지만 이 책을 읽고 꼭 재능이 없어도 디자이너가 될 수 있다는 것을 알게 되었다. 이 책에서 작가는 디자이너는 '통찰력'을 겸비하고 '질문하기'를 잘하는 것이 제일 중요하다고 했다. 왜 통찰력이 중요할까? 디자이너는 의뢰인이 원하는 것을 잘 탐색하고 서로 다른 생각을 혼합하는 능력이 필요하기 때문이다. 질문하기는 왜 필요할까? 작업과정에서 드는 호기심을 담은 질문에서 여러 가지 답이 나올 수 있고 그만큼 아이디어가 다양해지기 때문이다. 특히 이 책의 한 구절은 꼭 재능이 없어도 디자이너를 할 수 있겠다는 생각을 하게 만들었다. 그 구절은 바로 "황금빛 레몬은 만들어지지 않고 초록빛 나무에서 자라난다."이다. 아무리 특별한 황금빛이어도 평범

한 과일과 똑같이 나무에서 자란다는 것이다. 이는 재능이 있는 이만 디자이너를 해야한다는 나의 생각을 바꾸게 해 주었다.

좋은 디자인이란 무엇인가?

———

    일상생활 속에서 내가 만지고 있는 것들과 보고 있는 것들은 다 디자인의 결과라고 볼 수 있다. 그러다 문득 좋은 디자인은 뭘까 라는 생각이 들었다. 이 질문에 답이 정해져 있지는 않지만 이 책은 답을 찾는데 큰 도움이 되었다. 어떤 상품의 목적과 배경을 모르는 채로 '디자인이 좋다, 나쁘다.'라고 평가하기는 어렵다. 또 같은 디자인이라고 해도 보는 사람의 관점에 따라 기준이 다르기 때문에 그 디자인에 대해 좋고 나쁨을 정확하게 평가하는 건 쉽지 않다. 하지만 '그 디자인을 요구한 사람이 만족하거나 모두가 편하고 잘 사용한다면 좋은 디자인이 아닐까?'라는 생각이 든다. 좋은 디자인은 상품을 사용하는 사람의 만족감이 커야 좋은 디자인이라고 정의할 수 있을 것 같다. 디자인에 대한 평가는 그 상품을 사용하는 사람에 따라 상대적이다.

프로젝트 수업,
배움을 디자인하다

이현정

문다 읽다 쓰다 ★ 김현아

- 수업에 있어서 교사의 역할이 더 중요할까, 학생의 역할이 더 중요할까?
- 수업에 흥미가 없는 학생들에 대해 교사는 어떻게 대처해야 할까?
- 교과서 위주 수업이냐, 성취기준 위주 수업이냐?
- 이 책에서 말하는 교사의 역량들이 비현실적이진 않은가?
- 현재 우리나라 초등교육은 학생들의 주체성과 자율성을 충분히 인정하고 있는가?
- 초등학생에게 안전교육을 하기 위한 목적으로 다소

자극적일 수도 있는 '위기 탈출 넘버원'을 교육용 자료로 활용해도 문제가 없는가?
- 책에 나온 '마침내 도착해야 할 그곳'이 가리키는 '그곳'은 어디인가?

나는 어떤 교사가 되고 싶은가?

———

평소 하브루타 수업, 토론 수업과 같이 학생들이 능동적으로 참여할 수 있는 교수법에 관심을 가지고 있었던 나는 프로젝트 수업에 대해 더 알고 싶어서 이 책을 읽게 되었다. 책을 읽으면서 프로젝트 수업에 대한 간단한 사실 외에도 많은 것을 알게 되었다. 이 책은 모든 수업에서 교사가 가져야 할 태도, 마음가짐에 대해 말해 주고 있었다. 제일 인상 깊었던 구절은 '교사는 수업을 구상할 땐 기획자이고, 수업 제목을 지을 땐 카피라이터이며, 수업을 진행할 땐 감독이지만, 막상 수업 속으로 들어가면 조력자에 머물 뿐이다.'라는 부분이다. 학생과 함께하는 교사를 꿈꾸는 나는 책에 나오는 여러 프로젝트를 내가 진행하고 있다는 상상을 하며 문득 기분이 좋아지기도 하고, 내가 할 수 있을까라는 생각이 들어 마음이 싱숭생숭하기도 했다. "더 많이 배우고 싶다.", "더 많은 책을 읽고 싶다."라는 생각도 들었다. 종종 '나는 어떤 교사가 될까?'라는 상상을 하곤 했다. 이 책을 읽고 난 후 다시 한번 스스로에게 이 질문을 던져보았고, 나는 학생에게 즐거움과 웃음을 줄 수 있는, 학생들을 누구보다 존중하는 교사가 되겠다고 다짐했다.

교사의 역할이 중요할까,
학생의 역할이 더 중요할까?

———

   이 책을 통해서 수업에서 교사는 무엇을 해야 하는지, 그에 따른 학생의 역할은 얼마나 중요한지에 대해 알게 되었다. 그러다 나는 의문이 들었다. 그렇다면 수업에서 학생과 교사의 역할 중 무엇이 더 중요할까? 몇 년 전만 해도 학생의 역할보다는 교사의 역할이 더 중요했다. '교사의 명령을 따른다.', '학교 규칙을 지킨다.', '교사에 협조한다.'와 같은 규칙들만 봐도 알 수 있다. 하지만 시간이 지나면서 학생들의 자율성과 독창성, 창의성에 대한 관심이 커지고, 능동적인 수업, 학생이 주도하는 수업이 중요해졌다. 학생과 교사의 역할이 상호보완적 관계를 이루는 것이 가장 이상적이지만, 나는 여전히 수업에선 교사의 역할이 크다고 생각한다. 내가 말하는 교사의 역할이란 명령하는 것이 아니라 도움을 주는 것이다. 학생들이 제 역할을 할 수 있도록 교사가 도와주는 것이다. 이 책에서 이런 말을 보았다. '학생들을 빛나게 해주는 교사야말로 진정한 교사이다.' 교사가 조력자로서 역할을 다할 때, 그때야말로 학생이 빛날 수 있을 것이다.

그림책 한 권의 힘
이현아

묻다 읽다 쓰다 ★박지윤

- 어른들이 쓴 그림책을 비판하고 미성숙한 아이들이 그림책을 쓰는 것이 옳은 것인가?
- 이현아 선생님이 제시하신 자신의 두가지 방향성의 이유와 의미는 무엇일까?
- 부정적인 서준이의 말을 듣고 내가 저자라면 어떤 행동을 하였을까?
- 책의 제목인 '그림책 한 권의 힘'에서 그림책은 어떤 힘을 지니고 있는 것인가?
- 내가 저자라면 단점 관련 교육법 이외에 어떤 방식의 교육법을 사용했을까?

- 그림책을 쓰기 싫어하는 아이들에게도 창작활동을 시켰을까?
- 과연 교실에서도 아이들은 세 번째 사람일까? 저자의 다짐에 대하여 어떻게 생각하는가?

과연 아이들은 세 번째 사람일까?

———

나는 작가의 다짐의 의미는 이해하지만 그와 다른 생각도 가지고 있다. 우선 작가의 말에서 아이들이 세 번째 사람이며 그들의 목소리에 귀 기울이겠다는 건 시혜적인 태도인 것 같다. 세 번째 사람의 목소리에 귀 기울일 것이 아니라 '아이들을 첫 번째 사람으로 봐야 하는 것은 아닐까?'라는 생각이 들었고 그 생각은 이 책을 읽은 후에 더 굳건해졌다. 초등학교 교실에서 아이들은 교실의 주인이 되어야 한다고 생각한다. 그렇기에 나는 아이들이 교실에서만큼은 첫 번째 사람이 되어야 한다고 생각한다. 특히 소외받는 아이들에게 교실에서만이라도 첫 번째 사람이라고 인정해 주고 싶다는 말도 하고 싶다. 아이들이 자신들의 생각과 의견을 마음껏 당연히 내뱉을 수 있는 교실을 만들고 아이들을 존중해 주는 선생님이 되고 싶다.

나라면 단점을 어떻게 교육하였을까?

———

저자는 단점에만 매몰된 아이들을 볼 때마다 안타까워 아이들과 자신의 단점을 터놓고 말하는 시간을 가졌다. 그리고 관련 그림책을 읽으면서 서로의 단점을 이해하고 캐릭터(이기리, 소심이, 짜증이) 들을 만들어 단점을 다스리려 노력하는 재미난 교육법을 소개했다. 나는 이 방법 말고 다른 방법들은 뭐가 있을까 생각해 보았다. 그런데 문득 '단점을 장점으로 인식의 전환을 시켜볼 수도 있지 않을까?'라는 생각이 들었다. 나의 단점이 어떤 친구에게는 필요한 장점이 될 수 있다는 것을 아이들에게 알려주고 싶다. 예를 들어 관심 받고 나서기를 좋아하는 친구는 너무 나서는 성격을 단점이라 생각하고, 내성적인 친구는 소심하고 조심스런 성격을 단점이라 생각할 수 있다. 이 두 친구는 서로의 성격을 부러워할 수 있다. 하지만 각각의 단점을 상대가 바라는 장점이다. 단점이 단점이 아님을 때로는 그것이 장점이기도 함을 깨닫게 해 주고 싶다. 〈단점상점〉이라는 그림책을 알게 되었기에 단점의 의미, 자존감을 높이는 법에 대해 더 고민할 수 있었다. 더 많이 깨닫고, 깨달음을 실천해 나가고 싶다.

사고 싶은 컬러
팔리는 컬러

이호정

묻다 읽다 쓰다 ★ 김미지

- 왜 사람들은 서서히 페이스북에서 인스타그램으로 옮겨가고 있는가?
- 왜 우리나라에서는 가격을 암시하는 컬러가 뚜렷하지 않은가?
- 사고 싶은 컬러와 잘 팔리는 컬러는 무엇일지 자신의 생각을 말해 보자.
- 우리가 생활하는데 있어, 컬러는 우리에게 어떤 의미인지 말해 보자.
- 컬러는 어떤 모습을 지녔는가?
- 왜 컬러에 집착할까?
- 컬러를 고르는 기준은 무엇일까?

컬러의 힘은 무엇인가?

————

나는 이 책을 읽으면서 많은 것을 배웠다. 옷을 너무 좋아해 패션 마케팅 직이나 의류 사업을 꿈꾸는 나에게 '사고 싶은 컬러, 팔리는 컬러'라는 주제는 너무 흥미로 웠고, 많은 부분이 신선하게 다가왔다. 디자인과 유니 크만 추구했던 나의 모습을 다시 되돌아보게 된 계기가 되었다. 마케팅 직을 희망하면서도 소비자들이 찾는 것 보다 남들에게 없는 개성이 강한 것만 추구했던 나의 생각에 변화를 가져다주었다. 컬러는 패션에 있어 없어 선 안 될 존재이며, 수많은 마케팅 전략이 될 수 있고, 그 자체로 하나의 언어임을 배웠다. 소유보다 공유가 더 큰 가치를 발휘하는 사회에 컬러를 적극 활용해 만 든 것이 있다면, 컬러만이 가진 특별함이 진솔한 언어 로 어디선가 누군가에게 큰 힘이 될 수 있음을 느꼈다. 책을 통해 패션, 또 마케팅에 있어 한 발자국 더 다가간 것 같다. 컬러에 대한 공부와 함께 나의 모습을 많이 되 돌아보는 계기가 되었다.

왜 사람들은 페이스북에서
인스타그램으로 옮겨갈까?

────

한마디 말보다 한 장의 이미지로 소통하는 비주얼 커뮤니케이션 시대이다. SNS의 사진 한 장이 수천만의 '좋아요'를 받고, 많은 사람들의 일상을 공유한다. 그 어느 때보다 감성이 중요한 시대가 되었다. 초기에는 사람들이 '페이스북'을 많이 이용하였으나 서서히 인스타그램으로 옮겨가는 추세다. 신조어 인스타그래머블이 생겨나고 모든 브랜드의 인스타그램 계정이 만들어져 팔로워 수와 좋아요 수를 늘려간다. 영향력을 가진 파워 인스타그래머가 탄생하면서 이들이 우리의 트렌드를 결정하고, 인스타그램은 대중의 인기를 얻는 하나의 수단이 되었다. 나 또한 요즘 페이스북보다 인스타그램을 더 자주 이용한다. 인스타그램은 페이스북과는 또 다른 소통의 방식이기 때문이다. 감성이 중요해진 만큼 인스타그램은 나만의 사진을 한 눈에 정리하여 보여줄 수 있는 방식을 갖추고 있다. 인스타그램을 사진, 즉 컬러를 기반으로 한다. 드라마틱하고 로맨틱한 컬러가 누군가의 시선을 끌기 때문에 사람들이 인스타그램에 열광하는 것이 아닐까.

당신을 아름답게
하는 것들

차홍

묻다 읽다 쓰다 ★황선아

- 스무 살이 되면 시간을 알차게 보낼 수 있을까?

- 우리의 스트레스는 외부에서 오는 것일까?

- 내 인생의 멘토는 누구일까?

- 학교에서 배우는 수업 말고도 '배움'은 무엇이 있을까?

- 나는 지금 삶을 어떤 태도로 살아가고 있을까?

- 진정한 '나눔'이란 무엇이고 그 효과는 무엇일까?

- 일기를 쓰는 것이 나에게 끼치는 영향은 어느 정도
  일까?

반려동물에 대한 마음가짐,
어떻게 해야 할까?

――――

차홍 디자이너는 여태까지 수많은 반려동물을 키워왔는데, 그녀의 책 〈동물을 대하는 자세〉를 읽으면서 동물을 사랑하고 소중하게 여기는 마음이 대단하게 느껴졌고 나와 비슷한 점이 있다고도 느껴졌다. 나는 반려동물을 키워본 적은 단 한 번도 없지만 애견 카페도 가끔 가고, '기회가 된다면 집에서 키워보고 싶다'라고 자주 느낄 정도로 좋아한다. 그리고 고양이나 강아지를 키우게 된다면 활동량도 늘어나고 정서적으로도 좋을 것 같았다. 그런데 차홍 디자이너는 반려동물을 좋아하는 마음은 나와 같지만 소중하게 여기는 태도, 마음에는 차이가 있었다. '반려'는 짝이 되고 함께 한다는 뜻을 가지고 있다. 그런 반려동물을 물건을 구매하듯 고르는 것이 아니라 유기묘나 유기견에게 사랑을 주며 함께해야 한다는 것을 책을 읽고 다시 한번 깨닫게 되었다. 나는 차홍 디자이너와 달리 여태까지 내 생각만 하며 고양이나 강아지들을 키우려고 했었다. 반려동물에게 일방적으로 사랑이나 위로를 받으려고만 하지 않고 그들에게 먼저 사랑을 주는 것이 더 중요하다는 것을 깨달을 수 있었다.

내 인생의 멘토는 누구일까?

─────

　차홍 디자이너는 틈날 때마다 사람들에게 책 〈빨강머리 앤〉을 선물할 정도로 그 책을 좋아했다. 빨강머리 앤이 오랫동안의 자신의 멘토였다고 하였다. 그동안 나는 '내 인생의 멘토는 누구일까?' 하며 고민했는데, 이 책을 다 읽고 나서는 내 인생의 멘토로 차홍 디자이너를 꼽고 싶어졌다. 책을 읽으면서 차홍 디자이너의 선하면서도 강하고 친절한 매력을 느낄 수 있었다. 차홍 디자이너는 외면을 가꾸는 직업을 가졌지만 내면까지 신경 쓰는 사람인 것 같았다. 빨강 머리 앤을 롤모델로 삼을 만큼 순수한 면이 있다. 프랑스 파리에서 멋진 헤어쇼를 펼치고 오는 등 강하고 당찬 면도 있다. 반전이 있는 아티스트라고 느꼈다. 내가 생각하고, 닮고 싶어 하는 아름다움이란 '자연스러움, 경직되지 않은 유연한 마음가짐, 웃음을 잃지 않는 태도'이다. 차홍 디자이너를 통해 긍정적인 사고를 하는 방법과 외면, 내면의 아름다움을 모두 표현하는 방법을 배울 수 있었다. 앞으로 내 인생의 멘토는 차홍 디자이너다.

10대, 인생을 바꾸는
진로 수업
김은희

묻다 읽다 쓰다 ★손예진

- 어떤 어른이 되고 싶은가?

- 내가 좋아하는 것, 관심을 가는 것을 어떻게 찾을까?

- 어떻게 하면 나를 사랑하고 나에 대해 잘 알 수 있을까?

- 꿈은 한 번 정하면 끝일까?

- 대학교에 진학하지 않아도 미래에서 잘 살 수 있을까?

- 꿈을 이루기 위해 필요한 것은 무엇일까?

- 나만의 성공 스토리를 써라.

나는 어떤 사람이 되고 싶은가?

———

이 책을 읽기 전에는 내가 하고 싶은 일이 명확하지 않았고 정확한 꿈도 가지고 있지 않았다. 그러나 이 책을 읽으면서 이런 나에게 깊은 인상을 주었던 구절들이 몇 가지 있었다. 첫 번째는 "꿈은 누군가가 설계해서 나에게 제공되는 것이 아니다. 스스로 선택할 수 있는 환경을 끊임없이 스스로 제공하고 그 안에서 자발적인 선택을 해야 한다. 내 꿈, 나아가 내 삶의 주인은 누가 뭐라 해도 '나'이기 때문이다. 스스로에게 기회를 주자."라는 구절이다. 이 구절을 읽고 꿈에 관해 많은 고민을 해보고 내가 할 수 있는 일을 많이 찾아서 해본 것 같다 (그 결과 지금은 내가 하고 싶은 일을 찾아 명확한 꿈과 목표를 가지고 있는 상태다). 그리고 두 번째로 인상 깊었던 구절은 "내가 어떤 사람이 되어 어떠한 삶을 꿈꾸는지 명확히 알자. 그리고 내가 어떤 사람이 되고 싶은지 스스로 질문을 던져보자."라는 구절이다. 예전의 나는 공부를 잘해서 대학에 잘 가는 게 나의 최종 목표이며, 그렇게 하는 것이 성공한 삶이라고 생각했었다. 하지만 책을 읽어 보고 나니 대학은 인생의 한 부분일 뿐이고 인생의 전부는 아니라는 생각이 들었다. 나의 최종 목표가 무엇인지 생각해 보았다. 나의 최종목표는 높은 학벌과 많은 돈이 아니다. 나는 작은 것에도 감사하며 매 순간을 즐기는 사람이 되고 싶다.

나만의 성공 스토리를 써라.

———

스티브 잡스는 애플사의 창업자로 잘 알려져 있다. 그의 성공 이야기는 책과 영화로 만들어지면서 사람들에게 많은 영감을 선사했다. 시대를 앞서가는 미래에 대한 감각과 도전으로 그는 혁신적인 사업가가 되었다. 태어나자마자 입양을 가게 된 어린 시절의 이야기부터 자신이 설립한 회사에서 쫓겨나고 복귀하기까지의 열정과 도전에 관한 이야기가 있다. 특히 그의 도전 정신과 창의적인 생각으로 고난을 극복해 간 과정이 깊은 교훈을 담고 있다. 성공한 사람들의 스토리가 감동을 주는 것은 어려움을 자신만의 방식으로 극복했기 때문이다. 성공한 사람들에게는 어떠한 특성이 있을까? 그것은 바로 스스로에 대한 확신과 목표에 대한 열정이 있었다는 것이다. 우리도 우리의 성공 스토리를 써보자. 스스로 성공 스토리를 작성해 보면, 내가 어려움을 어떻게 극복해야 할지 나만의 해결법을 만들

수 있다. 그리고 스스로 나에 대한 가치를 정하자. 또 스스로를 설득시키자. 나만의 경험과 이야기에 감동과 교훈을 불어넣어보자. 그러기 위해서는 전략적으로 꾸준히, 그리고 일관성 있는 태도로 임해야 한다. 이렇게 내 삶의 성공 스토리의 주인공이 되는 것을 상상해 보면 어떨까? 도전하고 실패하는 것을 두려워하지 말자. 그것은 인생의 과정일 뿐이다. 이 경험들을 소중히 여기고 그 안에서 교훈을 찾아보자. 내 삶의 주인공은 다른 누구도 아닌 바로 나다!